第十二回　田中裕明賞発表
如月真菜句集
『琵琶行』

第三句集
二〇二〇年九月四日発行
四六版ソフトカバー装
発行・文學の森
定価２５００円＋税
選考委員
佐藤郁良・関悦史・
髙田正子・髙柳克弘

如月真菜《きさらぎ・まな》

【略歴】

昭和五十年三月二十七日東京生れ　六歳ごろから作句を始める

昭和五十九年　「花」に投句を始める

昭和六十二年　「童子」入会。辻桃子に師事

平成九年　「新童子賞」受賞

平成十六年　「童子大賞」「わらべ賞」受賞

現在「童子」副主宰・日本伝統俳句協会会員

句集『蜜』『菊子』

入門書『写真で俳句をはじめよう』

第十二回　田中裕明賞

受賞者の言葉

若い頃は、俳句は自分で作るもの、自分の思うようにコントロールできるものと思っていました。俳句の賞も欲しいと思っていました。でも、『荘子』や『老子』を読むようになり、そういうことから自由になりました。自分自身が考えることなど大したことではない。まわりの環境こそ、抗えない自然や人生こそ、すごいのだと思うようになりました。

そして今、私が俳句を作る環境や、自分の思うようにはならない周囲の事情など、そういう自分で意図しない面がむしろ私と私の俳句を作っているのだと改めて実感しています。

ですから、今回の受賞は私のまわりにいる、私に俳句を作らせてくれた人たちの受賞だと思うのです。「童子」の連衆や、そして私を励ましてくれた人、チャンスを下さった方々のものだと感じているのです。ありがとうございました。

受賞作品『琵琶行』（如月真菜）より　自選三十句

つかのまを近江住まひや遠砧
菊日和京のお人と思ひしが
括られし秋明菊や湖へ向き
湖の岸よく照るやいしたたき
十哲のうちの一人や秋彼岸
朝鮮の櫃をほめては月の客
お囃子も大津祭の都ぶり
曳山やひだるき稚児を乗せ戻る
道一本入れば静かや秋祭
紙吹雪すでに地にあり祭果つ
よそ者のとほらぬ道やつづれさせ
御陵は舟より眺め鳥渡る
比良比叡二月の雲を同じうし
稚鮎売る人に尋ねて道細く

蒙古襲来絵巻に包み餅の春
本日の波のかたちや比良八荒
よく入る旅の鞄や寝待月
淡海より出る川ひとつ水の秋
一艘に一人づつなり秋の影
長崎の坂登高といふべかり
秋水や黒き濁りは黒き魚
驟雨きて瓦の美しき盆帰省
葉月潮三方に見て墓ありぬ
掃苔や一雨が湾にごらせて
大阪にいつもの雲や夏来たる
鉾立てて星宿の星冥かりき
洛中にあれば白服華やかに
みづうみの颪の重たき葭戸かな
渡来人歴史館まで月の客
血の道の薬を飲みて薬掘る

候補作品

内田麻衣子句集　『私雨』　二〇二〇年一月二四日　ふらんす堂

安里琉太句集　『式日』　二〇二〇年二月二九日　左右社

篠崎央子句集　『火の貌』　二〇二〇年八月一日　ふらんす堂

南　沙月句集　『水の羽』　二〇二〇年八月一日　ふらんす堂

藤原暢子句集　『からだから』　二〇二〇年九月一日　文學の森

如月真菜句集　『琵琶行』　二〇二〇年九月四日　文學の森

選考経過報告

第十二回田中裕明賞の選考会は、五月一日の午後二時より、昨年に引きつづきリモート会議による選考会となりました。

今回は六句集の応募があり、応募者のうち男性は二十代の安里琉太さんのみ、ほかの五名の方は三十代後半から四十代なかばの女性俳人となりました。また、女性俳人の場合、おおむねご自身の人生や生活を詠んだものが中心というのが特徴的でした。

選考委員にあらかじめ選んでもらった結果、如月真菜句集『琵琶行』八点、安里琉太句集『式日』七点、篠崎央子句集『火の貌』六点、内田麻衣子句集『私雨』二点、藤原暢子句集『からだから』一点という結果となりました。

選考対象は『琵琶行』『式日』『火の貌』の上位三位にしぼられ、そこで論議されることとなりました。

如月真菜句集『琵琶行』は、髙柳選考委員が最高点の三点をいれ佐藤選考委員、関選考委員がそれぞれ二点、髙田選考委員は一点とすべての選考委員に評価されました。安里琉太句集『式日』は、関選考委員が三点、髙田選考委員と髙柳選考委員がそれぞれ二点、佐藤選考委員は俳誌や句会において作品に関わりが深いことにより点を入れるのを控えられました。『火の貌』は、佐藤、髙田選考委員がそれぞれ最高点の三点をいれましたが、関、髙柳選考委員は無点で、大きく評価がわかれました。

三冊の句集についてさらに論議を重ねていくうちに、『琵琶行』の闊達にして安定した詠みぶり、季語のあしらいの良さや守備範囲の広さなどの評価がなされ受賞に決定しました。関選考委員より『式日』とのダブル受賞でもという提案もなされましたが、やはりその力の差において一つにしぼるということになりましたことを付け加えておきます。

ふらんす堂　山岡喜美子

選考会

●選考委員
佐藤郁良
関　悦史
高田正子
髙柳克弘

●司会
山岡喜美子（ふらんす堂）

※文章内の掲句の後ろの（　）は各集のページ数です。

応募句集／選考委員	琵琶行	式日	火の貌	私雨	からだから	水の羽
佐藤	2		3		1	
関	2	3		1		
高田	1	2	3			
高柳	3	2		1		
計	8	7	6	2	1	0

司会：では第十二回田中裕明賞の選考会を始めたいと思います。今回は六冊で、刊行順で申し上げますと内田麻衣子句集『私雨』、安里琉太句集『式日』、南沙月句集『水の羽』、篠崎央子句集『火の貌』、藤原暢子句集『からだから』、如月真菜句集『琵琶行』以上の六点です。昨日皆さまから選考していただいた結果を、あらかじめメールでお知らせしておきました。如月真菜さんの『琵琶行』が八点、安里琉太さんの『式日』が七点、篠崎央子さんの『火の貌』が六点、内田麻衣子さんの『私雨』が二点、藤原暢子さんの『からだから』が一点、南沙月さんの『水の羽』は無点でした。選考会を始めたいと思いますが、まずは全体的な評をおひとりおひとりにお話いただきたいと思います。では髙柳選考委員からお願い致します。

髙柳：今回は六人のうち、安里さんが男性ひとり、他の五人はすべて女性ということで、まあ俳句に男とか女とか有るわけでは無いんですけれど、女性の句集にはその人の人生を詠んだものが多かったと言う印象ですね。結婚をして、それから妊娠・出産ともちろんそれぞれの作者の人生はそれぞれでありまして、一括りにできるものではないんですけれども、世代としてそういうような人生の節目にさしかかる人が多かったんだろうと、そしてそれが俳句作品にも着実に反映しているという印象でした。私としては俳句を作る以上は何か自分のテーマと言いますか、ただ自分の日常身辺を詠み、吟行に出掛けてそこの自然風物を詠むというのもそれはそれでひとつの俳句の詠み方ではありますけれども、やはり句集を出してそしてそれを田中裕明賞に応募するということは、一人の作家として進んでいきたいということだと思います。そういう方にとっては、やはり日常雑感だけではない、何か自分のテーマがあって欲しいなと思うんですね。そういう点から見ますと、今回の応募者の皆さんはそれぞれ確かな自分のテーマをお持ちというか、そのテーマの大きなひとつが自分の人生の節目の、結婚だったり一緒に暮らす相手ができたりとか、子供が生まれたりというそのような人生の大きな出来事がテーマになっている人が多かったなと。ですので大変に読み応えがあったというか、作家としてのスタンスが見えてくるとそういう作品群だったと思いますね。その分そのテーマにどう向き合うのかということで作家性が問われる部分もあったんじゃないかなと思いますので、それに関しては審査員それぞれが、それぞれの俳句観で向き合って、その姿勢をどう受け止めるのかと。しっかり応募者の方で差し出して下さったものが確かにあるという風に感じます、今回の六冊は。ですので、それをどう受け止めようかなというところで、応募者と審査員の関係というよりは、作家同士の対話になるんじゃないかと期待しております。

司会：ありがとうございました。では、関選考委員お願い致します。

関：前回に比べると冊数としては六冊とほぼ半減したんですが、その分少数精鋭の激戦という感じがしました。それぞれ非常に充実した句集だったと思います。今髙柳さんが仰ったように、結婚、出産、育児という題材が入った句集が二、三あったんですが、題材が共通していても今回の六冊はそれぞれ作家として固有の様式とか方法、方向性が割と確立している人が多かった。育児に関してだけ取るとそんなにはっきりとは見えないかもしれませんが、一冊まるごとで比べていくと四十五歳以下でこれだけのバラエティがあったかということを改めて再確認した感じがしました。三冊選ぶというのは難しかったです。

司会：ありがとうございます。髙田選考委員お願いします。

髙田：もうすでにおふたりの方が仰ったので繰り返さないでおこうと思ってしまうくらい

同じ事を思いました。六という数字は少ないんだろうと思うのですが、似通った句集がなくて、読み応えがあり、面白かったです。私は今年俳人協会の新人賞の選考にもあたりました。裕明賞のほうを受けているので俳人協会からはもう来ないだろうと勝手に思っていたのですが。重なる句集もあるだろうと思いましたし、実際ありましたが、年齢や所属など応募資格が違いますから、新しい出会いにすごく期待して読ませて頂きました。三冊選ぶのは比較的やさしかったのですが、順位をつけるところに苦しみ抜きました。事務局にも、一旦評価をお送りしたあと変更させてもらったりしてご迷惑をおかけしました。

司会：ありがとうございます。では佐藤選考委員お願い致します。

佐藤：皆さん仰って下さったとおりで、昨年の十一編に比べるとほぼ半減ですのでね。その中から三つ選ぶというのは、六つのうちの半分を選ぶということなので、逆に悩ましさがありました。どの句集にもそれぞれ魅力があり、また少し物足りないところも感じながら読んでいました。ある意味どれかひとつがうんと突出していたという感じではなかったように私は感じています。その分、髙田さんも仰った通り順番をつけるというのがなかなか難しいことでしたね。特に年代的にも比較的近い方が多かったように思うんですね。安里さんだけが男性で二十代のかなり若い作家でしたけれども、残りの五人の方は全員女性で皆さん昭和五十年代のお生まれで、比較的年齢的にも近い世代の方といって良いと思います。それぞれの良さもありつつ、どこを一番の物差しにして評価するのか、かなり悩みました。しかも、安里さんは私とは近い距離にいる人なものですから、これまでの慣例に従って選には入れなかったということで、その分余計、五人の中から三人を選ぶのは非常になやましかったというのが感想です。

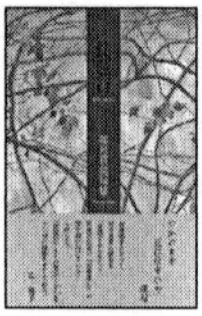

如月真菜句集『琵琶行』

司会：ありがとうございました。では得点の多いものから協議していきたいと思います。如月さんが八点です。如月真菜さんは一九七五年三月生まれ、句集刊行時点で四十五歳です。「童子」の副主宰で、日本伝統俳句協会会員。今回が第三句集に当たります。「新童賞」「童子大賞」「わらべ賞」を受賞されています。「琵琶行」というタイトルは白楽天の唐詩によるものであると「あとがき」にありました。では三点をつけられた髙柳選考委員からお願いします。

髙柳：句集の題を含めた「**つかのまを近江住まひや遠砧**[15]」という句がありますが、この句からして引き込まれる句集でした。近江という歴史ある土地に少しの間だけ住まう自分を主人公にしているわけです。如月さんは若い頃から俳句を始めていた方ですね。お母様が俳人だったこともあって、幼少期から俳句を始められていたようです。第一句集はそういう若々しさと言えばそうなんですが、自分が出過ぎていたところもあった。例えば「夕涼みばばあは誰もうるさくて」（笑）。こういう句が第一句集『蜜』にありました。これは恋の句でしょうか、「北窓開くおまへとは別れたい」。こういう句を詠んでいらっしゃった方が、今四十五歳の句集でこういう風に自己を詠むんだという驚きもあったんです。「**つかのまを近江住まひや遠砧**[15]」、この句の「遠砧」は遠くから聞こえてくる砧の音ということなんですが、距離のことだけではないと思います。時間的なはるけさと言いますか、砧が生活の中にあった時代、古い時代からタイムスリップするようにその砧の音が聞こえてくる。そういう歴史的な深まりと言いますか。もう一つ、砧と言えば世阿弥の謡曲を誰しも思い出すわけで、あれは一人残された女性の孤独を主題にしたものですよね。そういう遠い時代の世阿弥が描いたような女性と、それから今現代に生きて旦那さんの仕事とともにあちこちへ転勤して移り住んでゆく自分の境涯は異なるものですが、やはり孤独という点では、遠い時代の「砧」の女と通じ合うところもあるわけです。歴史的な深まりと文学的な深まりがこの句に良く見られるんじゃないかなと思います。あとがきに俳句を支えにしてというように書いてありましたけれど、この句もなかなか居着かない生活、あちこちに移り住むような暮らしの中なんだけれど、俳句を支えに、そして俳句を通して聞こえてくる古人の声を頼りに生きていくんだと。立体的な個人のありようが描かれていて。先ほど述べたような夕涼みの句は平面的、刹那的な「個」というものだったんですけれど、ここまで大きく変貌したんだと。そしてそれは作家として、俳人としての進歩と言えるのではないかと。俳人として大きく、良いほうへ変わったということではないかと思います。この句集の大きな特徴はやはり子育ての俳句ですね。立体的な「個」というものを作り上げるのに、子供の存在があったのかと想像します。子どもというのは可愛い、愛おしいものだけではなくて、無遠慮に自分というものを侵犯してくる存在でもありますので、戸惑いや違和感もあり、自分の「個」が揺るがされる部分もあるわけです。そのことによって如月さんの刹那的だった「個」というものも変わっていったのかなと想像するんです。子育ての句もそれぞれ魅力的だったと思います。どうしても我が子ですので可愛い、愛しいというところが先に立ってしまうのが子育て俳句であり、それは時に甘さという弱点として出てしまうわけです。その甘さがほとんど感じられないです。例えば「**乳やつてゐる間に散りし桜かな**（93）」。これも「乳あげてゐる間に散りし桜かな」と書くとちょっと甘くなってしまう。「あげる」と「やる」のニュアンスの違いが大きな意味を持っているんじゃないかなと思うんです。自分と赤子の二人だけの関係性だったら、愛情をもって「あげて」いるという表現になるんでしょうけれどね。そういう自分たち親子を第三の目、空からの目で見ると「自分は今乳をやっているんだな」というように見えてくるわけです。こういうものの見方から俳味だったり滑稽味だったり、余裕が生まれるわけです。そこが俳句の大きな魅力だと思います。子育てと言っても子供とのマンツーマンの関係じゃなくて、もっと大らかに子育ての自分や生活を捉えるところが良かったんじゃないかと思います。「**花虻に我が乳くさき体かな**（61）」。客観的に見れば「乳くさき体」であるという風に捉えています。花虻というのは花に集まってくる虻であって、自分の乳くささに寄ってきているわけじゃないのですが、その乳くささゆえに虻まで来てしまったように捉える。これもちょっとしたユーモアですよね。「**〆切と赤子のことと古暦**（54）」。この句もいいなと思いました。赤子がいつ生まれるとか、この日に健診を受けなきゃいけないとかいうことと、恐らく原稿の〆切ということだと思いますが、それが同列に扱われている。赤子に振り回されていない感じ、あくまで自分の生活もありその中に赤子も入っている。こういうスタンスがある意味現代的で新鮮な吾子俳句でした。子どもの句で一番好きなのは、「**音あるは虫籠《むしこ》のなかや子の寝息**（118）」です。虫籠の中で虫が鳴いている。辺りは静かでその音ばかりが響いているので、微かな子どもの寝息というのは聞こえてこない。「や」は並列助詞ではなくて切字ですね。吾子俳句だとどうしても子どもばかりに目が行ってしまうんですけど、子どもをもうちょっと広い空間で捉えている。虫籠を「むしこ」と言った表現もそういう歴史性への窓を開いているんじゃないかなと思います。赤子べったりではなくて余裕のある視線というのが如月真菜さんの吾子の描き方なんだなと思います。もう一つ大きなのは風土だと思います。あとがきにも書かれていましたけれど如月さんは横浜、尼崎、神戸、大津と、様々な土地を移っていく生活をしているようで、その土地土地で良い句を作られています。赤子と同じく、予期せぬかたちで訪れた風土というのも、やはり自己のありよう、「個」というものを立体化してくれるものなんじゃないかなと思うんです。まったく知らない土地に行く。そこで受けた刺激というものが今までの自分を揺るがしてくれる。そのことで生まれる新鮮な感動が、新鮮な俳句に結び付くということはあると思います。いい句をざっと挙げていきますと、「**稚鮎売る人に尋ねて道細く**（23）」、「**菜《さい》買ふや一夜官女の列に会ひ**（75）」。これは大阪の住吉神社の一夜官女という祭を詠んだ句です。一夜官女というのは人身御供、かつて生贄にされた女の子たちを偲ぶお祭りです。そういう土地の非常に暗い歴史を持つお祭りを前にして、自分は夕飯のおかずを買っている。風土に深く溶け込んで詠まれているなという実感がありました。「**南蛮菓子放り寄こすもくんちかな**（99）」、「**大津絵も壁に暑しやたこ焼屋**（176）」、それぞれ腰の据わった句です。エトランゼ、観光客として土地を見ているのではなく、そこに住まう者として、深く腰を落として詠んでいる句だなという感じがありました。如月さん本来の師系である虚子・爽波という流れに基づく写実の句も、非常にいい句が多かったと思います。「**切り置きてちくわの乾く秋祭**（84）」。ちくわが乾く、なんていう細かいところを詠んでいくのは、まさに写実主義と言うものです。「**盆の月昇れるまでを蟹忙し**（103）」、「**雪達磨辛うじて雪達磨**

なり（171）」というのも、写生句としてかなり質の高いものではないかと思います。如月さんの初期の句から親しんでいるものとしては、その変貌を大きくうかがわせる句集でありますし、子どものことだったり風土のことだったり、幅が格段に広がっている。自分の外部と接して、外部との交感によって自分自身の変化も見せてくれる句集です。もちろん如月さんという、現実に生きている個人の句集ではあるんですけれど、一人のフィクショナルな女性の物語としても読めると思いました。大変読み応えのある一集として、ベストワンに推しました。

司会：ありがとうございました。二点を入れられた方がお二人いらっしゃいます。佐藤選考委員からお願いします。

佐藤：髙柳さんもおっしゃっていましたが、お住まいになった地域の風土やそこで行われている行事、祭事、さらには食べ物も出てきましたね。そうしたものを丁寧に作品として詠まれていることに好感を持ちました。しっかりとした写生句に安定感があるというのも、髙柳さんと同意見です。私がいいと思ったのは「**外よりも土間の苗代寒なりき**（24）」。古い民家の暮らしのありようがしっかりと伝わってくると思います。「**賑はひのでるころ冷えて三の酉**（38）」。これも三の酉の頃の季節感が大変よく出ている句だと思いました。それから、母親としての子育ての句が印象的だというのも髙柳さんとほぼ同意見です。私がいいと思ったのは「**みどりごのいまだぬれゐて麦の秋**（47）」。「麦の秋」が大変よく効いていると思いましたし、一番いいと思ったのは髙柳さんも挙げていらっしゃいましたが、「**花虻に我が乳くさき体かな**（61）」。こういう把握はなかなかできないでしょうね。子育ての俳句というのはたくさん見ますけれども、自分の体を「乳くさき」と客観的に把握した作品はあまり見たことがない。新鮮な印象を持った一句でした。生活の中のちょっとしたところに繊細な感覚が生きているなと思った句もいくつかあります。「**ガラムマサラ匂へる指も夏の果**(66)」。カレーなどを作るときに使うスパイスですけれど、こういう「ガラムマサラ」なんていう、非常に具体的な名前を持ってきたところがとてもいいですね。「匂へる指」というのはスパイスを使い終わった後に、まだ匂いが残っているということなんじゃないかと思います。そういうところに夏のおしまいを感じ取る感覚の良さ。同じようなタイプの句で言うと「**覚めて飲む水の冷たき桐の花**(76)」。この辺りは起き抜けの感覚だと思います。恐らくは窓の外に見えている桐の花、その花が咲く頃の朝の気温だとか空気感が「覚めて飲む水の冷たき」という措辞に生き生きと表れている。そんな印象を持ちました。こうしたところが、この句集の見どころであったと思います。先ほど砧の句なども挙げられていましたけれど、あえてやっていらっしゃるんでしょうが、少し古い素材が多いなというのが一方では感じたところです。砧だけではなくて朝鮮の櫃が出てきたり菅公の軸が出てきたり、骨董趣味的な感じがあります。素材として、上手に詠むのはなかなか難しいのではないかと感じました。ちょっと残念だなと思ったのは、季語が近いなと思う句がいくつかあったことです。たとえば「**淡海より出る川ひとつ水の秋**(30)」。これは「淡海より出る川ひとつ」までで水のことをさんざん言ってますからね。個人的には「水の秋」じゃないほうがいいんじゃないかなと。「**白南風や洗濯物に白増えて**(162)」。これも確信犯かなとは思いますが、「白南風」で「洗濯物」ですから言わずもがなかなと。洗っているものでは白が一番多いんだろうなとは思いました。この辺りが個人的には少し気になったところではありました。ただ、全体としては非常に安定感があって、先ほども言った子育て俳句や「ガラムマサラ」のような生活の中の一場面を切り取った句が、この句集の良さだと思いました。そこを是非評価したいと思いまして、二席に推させていただきました。

司会：ありがとうございました。関選考委員、お願いします。

関：元手がかかった非常に贅沢な句集を読んだ気がしました。「元手」というのは作者の来し方も含みます。「**帰省して書庫の梯子の上にをり**（96）」。実家が梯子がいるような本棚がある家でもあるんですね。先ほども挙げられた「**つかのまを近江住まひや遠砧**（15）」や、「**虫干や菅公の軸跨いでは**（35）」。菅公は菅原道真ですね。「**これやこの煮物の秋となりにけり**（152）」。この句の「これやこの」は百人一首の「これやこの行くも帰るも別れては知るも知らぬも逢坂の関」蟬丸の歌から来たのでしょう。こういう古典的な素材を扱ったとき、近江に住んでいるとか遠砧とかが出たときに、素敵なところにいる自分というものが前面に出てしまうと白けるんですけれども、そんなに感動している気配が句にない。騒ぎ立てていないというか、重心が低くて安定している。鈍感なわけではなく、統制が効いて、題材とそれに対する自分の感動の重いところを落ち着いて掬っている感じがします。さっき髙柳さんが、若い頃の句で割と乱暴な言い方の句もあったと話をされていましたが、それをかなり抑えるというか、乱暴さを転じて面白くする技が自然に出来ている。「**臨月のわが身の邪魔よさくらんぼ**（77）」。「邪魔」というのは使い道によっては鬱陶しいというだけで終わりかねないし、言いたいことを言っている句に見えるんですが、これも「臨月のわが身」と「さくらんぼ」の取り合わせで、その邪魔さを愛嬌のある、受け入れられるものへと変えている。許している。お産の句でも「**雛の家に産気付くかとぶらぶらと**（144）」。

何となく体を持て余してぶらぶらしていて、これも似た味わいになっています。「**生まれ出でもう爪切られ雛の日**（145）」、「**髪黒く頭大きく春の嬰**（145）」。この辺のお子さんの句も感動を前面に出していない。可愛くないということはないでしょうけれど、それよりも自分と血の繋がった肉塊みたいな実在物があって、それが家族になってゆく。そういうのっぴきならないものがあるぞと受け止めて、圧倒されるでもなく、流されるでもなく、それを動的均衡をもって自分の世界の中に受け入れているという感じがしました。無感動だったり鈍感だったりふてぶてしかったりするだけではなくて、そういうものを華やかさ、華に変える資質がこの人にはある。割とどうでもよさそうなものを詠んでも、そういう華がどこかしらに出てくるんですよね。さっき佐藤さんが挙げられた「**賑はひのでるころ冷えて三の酉**（38）」というのも、「冷え」で抑えが効いたところですごくリアリティと三の酉の感じが出ている。「**養はれゐる妻として盛夏かな**（65）」、「**秋園をご婦人方がよこぎりぬ**（69）」。毒気がある、物言いたげな句ではありますが、事を荒立てようと思えば荒立てられるんだけどそういうことはしないで、呑み込んでいる感じがします。色んな謂れのある土地に行ったり文化的なものが出てきたりしても、それに足を取られない。こういう元手なり感動のもとになる題材なりをはしゃぎたてないで出せることが粋さということになると思います。こういう資質を最近あまり見た記憶がないので、そこから贅沢な感じを受けたんでしょう。全体的な安定感ですが、ピアニストのグレン・グールドが好きなピアニストが誰かインタビューで聞かれたときに、スヴャトスラフ・リヒテルだと答えたんです。何でグールドがリヒテルを好きかというと、あの人の演奏はこの曲のこの部分を彼はどう解釈しているか、ということを考えないで聞いていられるからだと。専門家が聞いていてもそういうことを気にしないでいられる頑健さというか、大地のような盤石さがある。そこに身を任せていられる。如月さんの句集もそういう感じがあって、他の俳人も「ここはどういう技を使っている」といったことをあまり考えないで読める安定感がある気がしました。さっき佐藤さんがおっしゃった付き過ぎじゃないかと言ったところは、多分確信犯でやっているんでしょうし。一物でやっているつもりかもしれない。そこら辺を厳しくとると、付き過ぎということあるかもしれませんが、そういうところも含めて私はこういうやり方で行きますと、開き直りじゃないんですけれど、重心の低い強さと華やぎを感じました。

司会：ありがとうございました。一点を入れられた髙田選考委員、お願いします。

髙田：如月さんの作品を句集で読むのは、私は初めてでした。さっき髙柳さんが第一句集と第二句集のことを端的にまとめて下さったので、なるほどと思いながら伺っておりました。初めてでもあり、所属する協会も異なりますので、この賞の対象の句集としてわくわくしながら向き合ったわけです。第一章の「近江住まい」は抜群に良かったです。恐らく如月さんも編年体で編まれた句集ですが、この章だけが前に出された形になっています。恐らく如月さんもこの章に自信があるんでしょうし、現在近江で句会を持たれているとあとがきに書かれていましたので、近江という土地との関係性がこういう形をとらせたのだろうと思いました。第一章はもちろんいい句がたくさんあったんですけど、どれかが格別にいいというより章全体から立ち上ってくる香気と言いますか芳しさと言いますか、そういうものを浴びる感覚で読み進められる章でした。すごくいい！　とまず思いました。そのあともずーっとそんな感じで読めたら何の悩みも抱かずに済んだんですけれど、読み進めていくうちに謎というか、あれっと思うようなところが出てきたりもして結果的には抑えて三位にしました。

が、順位をつけるために無理にほじくっている感じはありますので、脇に置いて考えるべきかなあと思ってはいます。先ほどから皆さんが指摘されているように、この方は土地との関係性、そして子どもとの関係性を深めながら自分自身も耕していった人ですね。子どもの句からいきますと、二章めにある「**血の青き乳張つてきし薄暑かな**(47)」。これは自分の体のことです。「乳くさき体」というのもさっき出ていましたけれど、まず自分の体、自分の乳房がこんなになってという驚きを捉えるところから始まっています。妊娠したからといっていきなり母になるわけでなし、体の変化に驚き慌て、不思議がるところから始まるのは非常に自然です。なので「**露草の夜明けの色のきはだてる**(48)」。これは吟行句ではなく育児の句と読みました。生まれたての赤ん坊につきあわされて朝まで寝られなかったり朝方乳をやったりして、夜明けの露草を好きで見たというより見てしまったと受け止めました。次の尼崎の章は「乳くさき体」から始まるんですけど、「**くちびるの乳吸ふかたち花の昼**(62)」とすぐに子どもが視野に入ってきます。もう居るのが当たり前になっているんです。そして「**筍の乳色の穂のあらはるる**(63)」。筍の「乳色の穂」はその通りですけれども「乳」に思いが飛びやすい環境を思わせられます。「**どこへでもゆけるがゆかず草の露**(69)」。これも、子育て中の我が身であると言っているのだろうと思います。そんなようにまず自分の体のことから始まって、子どもを中心に据えた生活に馴染んでいくための戦い、その軌跡を示してくださってます。だんだん子供が成長するにしたがって「**もう昼寝いま妹をいぢめしが**(97)」。多分天使の顔に戻って昼寝しているのでしょう。「**叱られに来し小児科や麦熟るる**(118)」。すごくわかります。小児科へは叱られに行くみたいなことになりますね。「麦熟るる」といわれると芽ではなく熟れてきた、もう慣れたと深読みしそうです。「**兄妹入れて柚子湯もひと仕事**（125）」。いつもと違って柚子が浮いていたりするとますます大変そう。子どもたちのいる生活に馴染み、自分と子供たちとが対等になってゆく過程が如月さんの作品から見えてくると思いました。土地との関係性は皆さんがおっしゃった通りですがいくつか追加するとすれば「**湖をうみと言うては泳ぎけり**（26）」。これも「ちょっとうみに行ってくるから」と日常的に言う土地柄が感じられます。「尼崎」の章になりますと、「**牛スヂの煮方習ひて年用意**（70）」。牛すじという関西特有のものが出てきたり、その次の章では地名ですが「**六甲へ野分の草のなびきけり**（83）」。六甲おろしの「六甲」という言葉が出てきます。「**東京の人と呼ばれて春の風**（92）」。あら私はよそ者なのねという感覚でしょう。「**淡路島みて将棋さす日永かな**（94）」。この「日永」もよろしいなあと思いました。淡路島のかたちとか、どんな風に見えているのかなあなどと思わせられます。「**大阪にいつもの雲や夏来たる**（134）」。これは「大阪」という地名もさることながら「いつもの雲」に心惹かれました。「**だんじりを載せ高速に入り来し**（137）」。だんじりという昔ながらの祭を取り上げつつ、それが高速に乗ってきたと目をみはっている。子どもと土地と。大きな二つの柱を中心に詠みきっておられるなと思いました。殊に私は第一章が気に入りました。

司会：ありがとうございました。髙田選考委員が「後半になるとあれっと思った」とおっしゃった「あれっ」の部分を、もしよろしければ具体的に教えてください。

髙田：深く考えずに「分からないな」と思った部分に付箋をつけていったら、一番多くついてしまったんですね。その分一生懸命読んだということかなとは思うんですけれど。まず軽めなところからいうと、形容詞のカリ活用が中途半端な形で使われているとか助動詞

「べし」が「べかり」で止まっているとか。当たり前のように存在するので、それは主義であって問題ではないということだと思うんですけど、気になり始めるとひっかかるんです。「**たて縞がよこ縞とくる春めく日**（44）」。これはどういう意味でしょう？　服でしょうか。「**去ぬ土地とおもへば親し温め酒**（107）」。「去ぬ土地」というのは、ここはいずれ去ると思っているから一層親しく思われる？　それとも去らないから親しいんですか。「去ぬ土地」という捉え方、これが私には分からなかったです。文法的に、佐藤先生いかがでしょうか。

佐藤：まず「去ぬる土地」でしょうね。だから文法的には少し崩れているでしょう。「いずれは去る土地だと思うと」ということなんじゃないでしょうか。

髙田：私もそう受け止めてはいますが（話者注：あとで「去ぬ燕」という季語があったことを思い出しました）。それから「つつに」という助詞の使い方です。「**いかなご船見送りつつに磯遊び**（112）」。この「つつに」というのは「しながら」？　「〜も」じゃないですよね。この「に」って何ですか？　「つつに」って初めて見たなあと思いまして。

佐藤：「見送りつつ」でいいでしょうね。

髙田：「つつに」はこの句の後にもさらに二回出てきます。だから私が知らないというだけで、それだけのことかもしれないと思ったんですが。

佐藤：あんまり文法のことをうるさく言いたくはないけれど、「つつ」は接続助詞でその後ろに格助詞は来ないですよね。だからあり得るとすれば「つつも」なんですよ。副助詞みたいなものなら後ろに来ると思いますけれど、「つつの」「つつに」のように格助詞が後ろに来るのはおかしいです。「つつへ」もおかしい。だからこれは文法的には崩れていますよね。

髙田‥はい。ホトトギス系の詠み方というものもあるはずですし、文法のことなど正しい・正しくないという話はしなくてもいいのかもと基本的には思っているんですけれど、結構こういう感じで謎だったんです。

安里琉太句集『式日』

司会‥ありがとうございます。では次に得点を取られた安里琉太さんの『式日』七点ですね。如月さんは全員が点を入れられていらっしゃいました。安里さんは、佐藤選考委員が立場上ということだったと思います。安里さんは一九九四年生まれ、句集刊行時点で二十六歳です。「銀化」「群青」同人で俳人協会会員。この句集で今年度の俳人協会新人賞を受賞しています。第一句集です。今回の田中裕明賞では一番お若くて、唯一の男性でもいらっしゃいます。三点を入れられた関選考委員からお願いします。

関‥今回は割とこっちへぐいぐいと押してくる作風の句集が多かったんですが、その中で安里さんの句集は引き技というか、実体感を見せるのではない希薄な世界を作っています。読書体験、一冊の本としてこの句集を読んだときにだんだん引き技の世界にこちらも息を詰めて注意深く見入っていく感覚があって、一番濃密な時間を過ごすことができた句集だったのではないかと思いました。それで三点を入れています。実体感をちょっと希薄にしてあるやや不思議な作風は例えば前回の生駒大祐さんの句集もそうでしたし、第六回の鴇田智哉さんもそういうところがあったかと思います。今の俳句の中での一つの傾向、特徴として採り上げうる作風なのかもしれません。そういう作風を遡ると、この賞の元になった田中裕明もその一人かもしれない。そこまで繫がるようなある潮流というか、現代の俳句の中で出てきた流れの一つの代表である句集だと思いました。だからと言って生駒大祐や鴇田智哉と似たようなことをやっているかというと、別に真似しているわけではない。この人はこの人独自の方法や世界観がちゃんと出来ている。それが裕明を含めた他の三人とは違うものです。生駒さんの心理性と文法を不可思議に捻じ曲げた感じにして見えないものへ迫っていくやり方や、鴇田さんの現象学的な視線をいい意味で悪用して、シュルレアリスティックな見えない世界へ迫っていく方法とは違う。それぞれ自分が出来る方法で面白い方向へ行ったらこうなったということであって、安里さんの場合もそういう風にやっている気がします。ある特定の世界観が既にあって、それを説明したり図解するためにこういう句風になっているわけではない。安里さんの場合はどこが独自かというと、あんまりこれを上手く説明できる気がしないので話半分で聞いてほしいのですが、どこかしら仏教の中の唯識思想に通じるところがある気がします。仏教の世界観だと、ずっと存在している実在物というものはなくて、すべてのものは関係しあってどんどん変化してゆく。諸行無常である、空であるというのが世界観としてまずあります。それに対して唯識というのは、それを認識する側に着目する。眼・耳・鼻・舌・身・意という五感プラス意識、それから無意識にあたるといわれる末那識・阿頼耶識による認識によってそれぞれ固有の染め上げられ方が人の中に出来ていく。実体のない、どんどん生成変化して関係性が変わっていく世界とそれに対する認識。この句集のやり方は、その認識の作用のほうをすごく重視している感じがするんですね。だから実体感がないというのは、写生句の作りで実体感がなかったらマイナスにしかならないのかもしれないんですが、そういう意味ではマイナスにはなっていないと思います。いい句は色々あります。「うつる」という言葉の入ったものは分かりやすいものが多いんですが、「**電話ボックスあまねく夏空を映し**（44）」というのと、「**初雪が全ての瓶に映りこむ**（74）」。この辺は普通の写生句に通じる作り方ですが、「全ての」というとこれは全ての瓶を見ることはできないから、誇張法ではないと取るなら微妙に写生からは外れるかもしれない。しかし一応感覚的な裏付けがあって、そこからストレートに読解できる句ではあります。この「映る」ということが瓶や電話ボックスに限らず全体を貫く方法的なところに通じているんじゃないかと思いました。「**寒雲の蒐まつてくる筆二本**（10）」というのも組み合わせとして不思議ですけれども、雲が空にあって、筆が二本あって、その筆二本に雲が集まってくる。これも一本だと雲を集める力はない気がしますけれど、二本で何とか説得力が出て、雲と筆があるぞというだけで無関係に切れている世界ではなくて集まってくるという形で繋ぎ合わされる。これも技としては俳句の中でそんなに珍しい方法ではないかもしれない。ただそこで出来てくる世界がこの人独自のある美しさを帯びたものになっています。「**竹秋の貝が泳いで洗ひ桶**（18）」。洗い桶だから台所かもしれません。貝が泳いでいる。そういう竹秋である。これも関係のそんなに直接ないものが繋がっていますけれども、俳句として上手いというだけではなくて、貝の実体よりも、貝が泳ぐということと、今の時期が竹の秋であるということ。その間の関係を見出すところで認識作用が重視されている気がします。感覚的に鋭く冴えているものがあって、たとえば「**火の一穢映してみづの澄みにけり**（30）」。これは火と水の両方を使った大技な感じの句ですけれども、ここでも「映し」というのが出てきます。「みづ澄む」ということに対して火を持ってくる。その火は穢れとして見える。水面に水が映っていてもそれを穢れとして捉えて緊張関係を見出す人はそういないと思うんですが、そういうことを見出すことができる資質である。それを一つの世界として提示するというより、色んなものの関係が句で初めて引き出されるところがある。空とか天文事象関係かな、そういうものとの取り合わせが非常に上手くて、「**中空を雨白く降る猿酒**（33）」。「猿酒」は扱いの難しい季語で、実際飲んだとか見たという人はあまりいないと思うんですが、それに関してある説得力を与える形になっている。「雨白く降る」雨というのは概念的に捉えれば透明なんですけれど、それが白くなったということと猿酒というあまり見る機会のないもの。この組み合わせに妙なリアリティが、恐らくはフィクションなんだろうけれどそこから出てきてしまう。「**面妖なをみなとなりし青写真**（35）」。青写真というのもなかなか最近見ませんけれど、映った顔が妖しげな、本人とは別な雰囲気を帯びた像に見えてくる。これも認識作用というか、「映す」という作用が写真ということで間に入っています。そこでの変化の中から面妖さというものが出てくる。伝統的な情緒にストレートに繋がるものもあって、「**うたたねに雲古びゐる初筑波**（104）」、「**読初のたちまち暮れてしまひけり**（104）」。これは正月元日、本を読んでいたらあっという間に一日が終わってしまったというあの物寂しさ。そういうものが伝わるということで、普通の伝統的な俳句として読めます。「うたたねに雲古びゐる」というのは、これもまた空ではありませんが天文系の雲が出てきます。初筑波の上に雲があって、ちょっと寝ている間にそれが古びてしまったという認識は独特のもの、これも認識作用重視ですね。「**金蠅や夜どほし濤の崩れ去る**（141）」。外に海があってその波がずっと崩れていて、金蝿がいる。これも何の関係もないけれど、「夜どほし濤の崩れ去る」という無窮の運動の集約点として金蝿がいる気がする。この金蝿という一点があって初めて立ち上がる認識がある。これはさっきの「**寒雲の蒐まつてくる筆二本**(10)」と一緒ですね。外に大きい世界があって、小さいもの、筆二本や金蝿があって、それに集約されることによって外の世界も感じられる。特殊な認識の仕方をしているんですけれども、それが美しさに結晶するように作られていて、伝統的な感性でも読めてしまう。こういうところが鴇田さんや生駒さんとはまた違ったやり方なのではないかと思います。単に美意識重視で感覚的に攻めているというだけではないんじゃないかと思います。ちょっと分かりにくかったのもあったんですが、「**郵政や鳩あをあをとして冬は**(75)」。これは「郵政」がどこまで効いているのか私には読み切れませんでした。システムとしての郵便制度のことを言っているのか。これもやはり見えないネットワーク的なものを冬の鳩に集約させているという作りなんだろうとは思います。

司会：ありがとうございます。では二点を入れられたのが高田選考委員と高柳選考委員ですね。高田選考委員からお願いします。

高田：関さんが今熱弁を振るわれましたが、重ねて言うならば言葉に対する感度の良さは抜群で、この中で一番だったのではというくらいに思っています。俳人協会の新人賞の選考でも評価させて頂いたんですけれど。その後「俳句文学館」(新聞)に載った新人賞受賞の言葉を読んで驚いたんです。記事に人名がたくさん出てくるんですね。私はこんなに人の名前が出てくる受賞の言葉を初めて見ました。まず最初の恩師の太田幸子先生、この方は高校の先生ですね。そして佐藤郁良先生と櫂未知子先生、中原道夫先生、出版社の筒井さん、企画には鴇田智哉さんが関わっていて、栞文では鳥居真里子さんと岸本尚毅さん、最後に高橋睦郎さんのお名前。奇しくも去年の田中裕明賞選考会で髙柳さんが今の若い人の在り方として、結社に入っている人も入っていない人もいるけれど、入っている人も「一師に見えず」のような形ではなく、先生の選に没入してゆくという作り方ではなくて、もっと多様な結社外の作風なんかも取り込みながら作っている。それが最近の若い人の特徴であるとおっしゃっていて、ああこのことかと改めて学んだというか、認識することになりました。だからこの一冊の句集に、もちろんご本人の一つの結果として出された句集ではあるんですけれども、いろんな形でいろいろ流入しているのかという気持ちで改めて向き直ることになりました。なので二回目にはなるんですが、改まった気持ちで読むことが出来たと思います。共鳴する句は三十句くらい選んでいます。若さを詠んだものとしてはたとえば「**ジャケッツの胸ばつばつと展きたる**（12）」、「**遠泳の身をしほがれの樹と思ふ**（67）」。自分を「しほがれの樹」と思えるのは、やはり若いからでしょう。言葉もよく知っているし深みのある句集ですけれど若い人の句集なんだ、ということを時々思い出しながら読むことになりました。先ほど、鴇田さんや生駒さん、過去の受賞者のことが話題に出ていましたが、確かにごく普通に写生句として読める句もたくさんありまして、たとえば「**もの掛くる釘あまたあり薬喰**（35）」。どんな店にいるかがよくわかります。「**さざなみにプールの晴れてきたりけり**（44）」。泳ぐためのプールというよりも天気を測るような捉え方が面白いし美しいと思いました。「**蟷螂のぐらぐら歩くゆふべかな**（144）」という句も面白かったです。蟷螂のぐらぐらとした歩き方がその通りに見えてくると思いました。あまり考え込まずに素直に読み取ることが出来て、そういうちょっと息抜きができるような句が句集に潜んでいるのは読者サービス？　そういう句があるから読みやすい句集になっていたかもしれないと思いました。他に心惹かれたのは「**陶枕の雲の冷えともつかぬもの**（23）」、さっき関さんも挙げておられました「**火の一穢映してみづの澄みにけり**（30）」。聖なるものとして捉えられることの多い火すら穢になる。それほど水が澄んでいると受け止めました。この方も水や水の縁語の句が多かったですが、この句が好きでした。「**坂がちの夜店やひよこひとならび**（118）」。「ひよこ」「ひとならび」は「ひ」の頭韻。「坂がちの夜店」という設定を示されて、一緒に傾きながら読んでしまう句とも思います。「**片側はもう暮れてをる西瓜かな**（120）」。これは季節感が鋭いです。そういう褒め方は不要な句集かと思いつつ。でもこの西瓜は確かに秋の季語ですよね。言葉に対する感度の良さと最初に言いましたが、自分の感性だけで突っ走っているのではなく、繊細に目配りもできた非常に整った、よくできた一冊になっていると思いました。

司会：ありがとうございました。では髙柳選考委員、お願いします。

髙柳：時評的な観点から言えば、関さんもおっしゃっていましたけれど今の若手の一傾向をよく表す作者なんでしょうね。私なりにそれは言葉への関心の高さというものではないかなと思っています。例えば「**秋立つはそらおそろしと青畳**（96）」。この句は「そらおそろし」という言葉の面白さ、これは「sky」という意味の「そら」が入っていますよね。「秋立つはそら」まで読むと爽やかな抜けたような青空が浮かんで、でも次に読むと「sky」の「そら」じゃなくて「そらおそろし」なんだというように、期待の梯子を読者が外される楽しさがあります。最後は「青畳」と出てきます。この「青」がどこか、畳だけではなくて空の青さをも感じさせている。また、畳の上から青空も見えているのかなと想像もできるわけですよね。ひとつひとつの言葉に関心を持って、言葉を汲み尽くそうとするというのかな。こういうところが今の若手の一傾向なのかと思いました。「**春の蚊のそよそよと吹きすぼめられ**(115)」というのも「そよそよと吹き」まで読むとそよかぜが吹いているのかななんて思うんだけれど、次に「吹きすぼめられ」と転じていくと、そよ風にも弱々しく吹かれて脚がもつれている、そんな春の蚊なのかなという、これにも軽い驚きがあります。髙田さんも挙げられていた「**坂がちの夜店やひよこひとならび**(118)」というのも「ひよこ」「ひとならび」という言葉の相性の良さを感じさせてくれますね。てにをはのひねりは若手の傾向として良く指摘されるところです。この句集にも見受けられて「**きらきらと日焼の雨を帰りけり**(95)」。これは「日焼の雨」というところが多義的なんですね。「の」の使い方が独特で、日焼けしている人が雨の中を帰っていくのか、それとも雨そのものが日焼けしているのか。ちょっとそういうような解釈が頭を過ったりもするわけです。見慣れた言葉ががらりと違って見える楽しさみたいなものがあります。「**一月をうちあげられしうつぼかな**(131)」。「一月の」とか「一月に」とか、他の色んなてにをはも考えられますが「を」というのは独特だなと。一月という時間そのものにうつぼが漂着したような感じがするというのかな。ここで現実的なイメージをあえてぼかされるようなところがあります。この「を」は面白い使い方です。というようなことで、先ほど関さんがおっしゃっていたように鴇田智哉さんや、前回の受賞者だった生駒大祐さんのテイストと近いところもあるんですよね。でもそれだけではない幅の広さもありまして、「**柱みな蔦の中なる狐狸の國**(31)」というのはジブリ映画風のファンタジーの「狐狸の國」というのを十七音で作り出した句かなと。「蔦の中なる」というところで蔦の厚みが分かるところが上手いなと。

「**日本の元気なころの水着かな**（45）」。これはアイロニーの句ですよね。高度経済成長期の人々の生活も非常に潤っていた、華やかなりし頃の派手な水着なんでしょうね。そういったものを繁栄が終わった後の自分が遠く見て皮肉るような句なのかな。「**荷を置くに膝のほかなくおでん食ふ**（125）」。これは写実的でもあるし、なおかつ俳味もある。写実と俳味のアマルガムと言った感じの句です。多分、狭い屋台のおでん屋さんで頂いているものだから、荷物を置くところがない。膝に置くしかないという。これは鴇田さんや生駒さんにはないところをきっちり掘り下げてきたという感じがしました。生駒さんの作品について前回私は「箱庭的だ」と評しましたけれど、それに倣って言うのであれば、安里さんの作風は装飾的というのかな。実際に装飾を詠んだ句が印象的なんですね。「**彫漆の花喰ふ蛇も野分かな**（145）」、「**夏を澄む飾りあふぎの狗けもの**（26）」でしたり、実際に装飾を対象にした句もある通り、言葉を素直に使うというよりはどこかひねったり、飾ったりしながら、しかも嫌味ではなく自然体に言葉を自分好みにアレンジしていくような、そういう傾向のある句集なのかなと思いました。私としては風格、風趣の正しい句というものに惹かれました。関さんも挙げておられましたが、「**うたたねに雲古びゐる初筑波**（104）」。既に新年の感動が薄れているような感じですよね。それほどに初筑波をはじめに目にした感動が強かったのでしょう。「**花を焚くけむりが西へ秋の声**（148）」というのも「秋の声」という抽象的でなかなか使いどころが難しい季語を具体的な情景を通して伝えているなと思いました。「西へ」が西方浄土みたいなことを感じさせて意味深長なところがあります。「**遠泳の身をしほがれの樹と思ふ**（67）」。高田さんも挙げておられました。安里さんに関わった多くの人が褒めておられる句です。これも「遠泳の身はしほがれの樹なりけり」などとしてしまいそうなところです。俳句的な調べからいうと「と思ふ」というのはちょっと緩みになるんでしょうが、そういうぎくしゃくしたリズムというのが遠泳の疲労感を表現していて上手いなと思いました。私が一番好きだったのは「**空瓶は蜥蜴を入れてより鳴らず**(47)」。これは先ほど出た装飾品とは対極的な、何の飾りもない空瓶なんですよね。でもこういうものも言葉の上で面白く装飾してしまう。空瓶なんていうつるっとした、何の飾りもないものがこの句においては非常に面白く詠まれている。関さんがおっしゃっていた「特殊な認識」ということなんでしょうか。認識の転倒が起こっていると思いました。空瓶を、蜥蜴を飼う容れ物にしてから、ああそういえば空瓶というのは風にさらすと口がひゅうっとなるものだと後から気付くような感じです。そこに空瓶というもののもの悲しさというものが表れていると思うんです。非常にシンプルなゆえに、色々なことに利用されてしまう空瓶の哀しさ、寂しさが言い当てられている感じがします。というように良い句はとても多かったんですが、あえて言うのであればもう少し作者の作者像と言いますか、人間くささと言いますか、作者の人生が垣間見えるような句があってもいいかなと思いました。高田さんがおっしゃっていたように色んな俳人に関わって、色んな先行作品だったり同時代の俳人のいいところを吸収して書かれているというのは分かるんですが、その分ちょっと拡散してしまっているところもあるのかなあという気はしました。安里さんが本当にやりたいことや嗜好性、どういう人生を生きているかというのが仄見えるような句があってもいいのではないでしょうか。それは境涯的に安里琉太という人をそのまま出せということではもちろんないんですが、句集を通して見えてくる、句を詠んでいる主人公というか主体みたいなものがもう少し匂わせられるといいのかなというところで二点にした次第です。

司会：ありがとうございました。では佐藤選考委員、お願いします。

佐藤：高校生の頃から知っている作者で、ずい分一緒に俳句を続けてきた人です。客観的に語るのは逆にちょっと難しいところがあります。句集の制作に私は全くタッチしておりませんが、出来上がったものを読んで非常に魅力的ないい一集になったと思いました。若い方としては非常に完成度が高いという風に思います。皆さんに色々おっしゃって頂きましたけれど、私などは一緒に吟行をした時の思い出の句で言うと「**葡萄枯る地の金色の荒々し**(36)」。これは確か十一月くらいでしたか、山梨の勝沼を吟行した時の句だったと思います。私自身が特選で頂いた句ですけど、安里さんはこの時まだ二十代前半だったと思いますが、堂々とした吟行句、写生句を作るなあと感心した思い出があります。詩情が大変豊かだということをおっしゃって頂きましたが、「**遠泳の身をしほがれの樹と思ふ**(67)」もそうですし、「**摘草やいづれも濡れて陸の貝**(136)」、陸の貝なんだけれども濡れているという辺りがあわれさもあり、これも句会で頂いた句でしたが、当時非常に驚いて感心した記憶が残っています。この句集の良さは皆さんがおっしゃって下さった通りで、一つはしっかり目の効いた写生句があって、例をあげると「**うつすらと濡れて粽の笹の嵩**(20)」。確かにそうだなと思います。粽を解いていった残骸と言いますか、笹の葉が重なっているさまですね。こういうところを良く見て、詩にしてゆく力。「**老鶯や斜めに弱る竹箒**(116)」。これも「斜めに弱る」という言い方が上手いと思いますし、老鶯との取り合わせもある意味上手く決まっていますよね。山がちな場所のお宅、庭がたっぷりあるような古いお宅の様相なんかが見えてきて、この辺りはしっかりした写生句だなと思いました。それから、先ほど高柳さんが取り上げていました「**空瓶は蜥蜴を入れてより鳴らず**(47)」

の句、こういう打ち消しの措辞の使い方も上手いと思いますね。打ち消しの措辞によってある種の欠落感とか詩情が立ち上がってくる。同じようなタイプで言うと「**まだ誰の手にも汚れぬ焚火かな**（102）」。これもそうだと思います。焚火に手をかざすことによって、焚火というものがあるいは穢れてしまうんじゃないか。逆に言えばまだ誰も当たっていない焚火、誰の手もかざしていない焚火というのはまだ汚れていないんだという把握だと思います。先ほど関さんが取り上げて下さいました「**火の一穢映してみづの澄みにけり**（30）」。火が穢れるというような感覚も非常に詩的ですし、逆にこの焚火の句は汚れていないということを詠んだ句なんですけれど、こういうところに感覚的なよろしさと言いますか、言葉の巧みさ、それを詩にする力を感じます。髙柳さんが言われた「作者像が見えない」というのは確かにそうかもしれませんね。それはある種若さの裏返しかなという気もするんですね。つまりこの句集の大部分はまだ学生時代に詠んだ句ですのでね。今の安里さんは学校の先生をやっていて、この春から故郷の沖縄に戻って向こうで学校の先生をやっています。結婚も最近なさいました。そうなってくると今度は家庭生活とか教員生活とか、そういうものがもう少し俳句の題材として入って来るのかなと、そういう期待を持っています。学生時代に作った句が多いゆえに、自分自身の生活実感が希薄になっている部分があるのかなという気はします。それは今回、六篇の中で他の五人の女性たちが、皆さん四十歳前後だったと思いますが、その世代とはまだ生きているステージが違うというか、もう少し若々しい……というか本当に若いんですね（笑）。そういう時期ゆえの句集だなとは思いながら髙柳さんの話を伺っておりました。私としては非常に好感を持っている句集ではあるんですけれども、自分の句会で私が採ったような句もたくさん入っている以上、やはり完全に客観的に評価することに自信がないというか、他の五人の方と同列に見るということが難しいように思いましたので、これまでの前例にならって、今回は私自身の選には入れませんでした。

篠崎央子句集『火の貌』

司会：ありがとうございます。続きまして、篠崎央子さんの『火の貌』についてお願い致します。篠崎さんは句集刊行時は「未来図」に所属されていました。『火の貌』で第四十四回俳人協会新人賞を受賞されています。佐藤選考委員、髙田選考委員がそれぞれ三点を入れていらっしゃいます。では佐藤選考委員からお願い致します。

【以降録音に一部不具合があったため、選者の皆様に書き起こしていただきました。不手際がございましたことをお詫びいたします】

佐藤：全体として、とても安定感のある句集だったと思います。特に良いと思ったのは、「**伝票のうつすらと濡れ鱧料理**（17）」、鱧を出すようなお店の雰囲気が実によく出ていると思いました。卓の上の伝票がグラスの水滴か何かでうっすらと濡れているのでしょう。非常にいいところを拾って一句にしています。いかにも俳句らしい視点というと語弊があるかもしれませんが、俳句の良さをうまく活かして句を作っている方だなと思いました。「**蚊に刺されたる膝裏のまだ若き**（64）」、これなんかも蚊の句にしては珍しい切り口で詠んでいると思います。良いところを見て拾ってきているなあ、と。「膝裏」を若いと捉える感覚も新鮮でした。「**かはほりや鎖骨に闇の落ちてくる**（64）」なども、結構感覚的な句ですが、自分の体を通して世界を把握しようとするところは、この方の良さではないかと思いました。ちょっと残念だったのは、特に後半に歴史を題材とした観念的な句が多く見られたことです。「**信長の骨はいづこに闇汁会**（135）」、これは本能寺の変を題材にしているんだろうということはわかりますが、ちょっと観念的すぎて正直あまり乗れませんでした。その後にも、「**マンモスの骨眠る地の流氷来**（146）」、「**縄文の人骨太きのどけさよ**（149）」のように、特に「骨」の句が多いんですね、この方は。「骨」の中では、「縄文の人骨」は実際に見て詠んでいるんでしょうから、これは良いと思いますが、それ以外は想像で詠んでいる弱さを感じてしまいます。この辺りが少し残念に思ったところです。ただ、総じて言えば、安定感があっていろいろな技を持っている感じがしました。これからも面白い句を作ってくれるんじゃないかという期待感が感じられたということで、この句集を一席に推させていただきました。

司会：ありがとうございます。では髙田選考委員お願い致します。

髙田：『式日』が水ならばこちらは火の句集でしょう。句を詠むのが楽しくてしかたがないという作者の心の弾みが、強く伝わってきました。「俳句の神に愛され」たいと、名告りをあげているかのようです。また自分だけが楽しいのではなく、その楽しみを相手と共有する喜びをご存知でもあります。一句の世界は作者のみで作り上げるものではなく、他者に読み取ってもらうことで完成すると私は考えます。読み手の数だけ句の世界があるといってもよいほどです。その共同作業を楽しめる方だと思いました。惹かれた句はたくさんありますが、巻頭のほうから順にいくつか抽きますと、まず「**逃水や恋の悩みを聞くラ**

ジオ(10)」。最初は見過ごしていた句でしたが、車を運転しながら目は進行方向を、耳はカーラジオに、という様子が瞬時に見えます。追えど届かぬ恋であることも。「**目の動き似たる姉妹よ障子貼り**(33)」。兄弟姉妹は貌かたちのみならず髪の色や癖が同じとか違うとかと詠まれますが、「目の動き」を注視していて面白いと思いました。「**東京の空を重しと鳥帰る**(49)」はありがちな句かもしれませんが、茨城出身の篠崎さんが、都会に暮らして長いのにいつまでも馴染みきらないという、今の心情を素直に表しています。「**こりごりと言ひて子猫を持ち帰る**(102)」にも彼女の今が表されています。「**空つぽになるまで秋の蟬鳴けり**(72)」は、思わず落蟬のゼンマイ仕掛けのように弾けるさまを連想しました。詠んでいるのは落蟬ではなく秋の蟬ですが、そのようにとことん鳴いて最期を迎えるのだ、という具合に。「**有給休暇鴨の横顔流れゆく**(83)」「**大仏の尻より年の暮れにけり**(90)」は、横顔や尻というパーツを持ち出すことで、その日の時間の流れ方のようなものもいい得ているのではないでしょうか。「**夏至の夜の半熟の闇吸ひ眠る**(113)」の半熟の闇という捉え方にはデリケートな若い女性を感じました。この句が私はいちばん好きかもしれません。装丁も「火の貌」というタイトルに適った色調ですが、テーマにも「火」のみならず「赤」や「血」がよく取り上げられています。「野焼」「血族」「民の血」「血統」といった具合に。またご自身に「血の足らぬ日」というだけでなく、烏瓜にも「血の通ふ」であったり、鮎も「血より濃き香」を放ったりしていますが、こうした執着が、私にはときにうるさく感じることもあったと申し添えておきます。一～三位の三冊は甲乙つけがたく悩み抜きましたが、この無縫に求め、突き進むエネルギーを推したいと思いました。

司会：ありがとうございました。では続いて関選考委員お願い致します。

関：『火の貌』も上位三冊に入れたくて迷いました。非常に線の太い、絵でいえば野獣派や表現主義、あるいは角谷昌子さんの跋で出てくる棟方志功の版画に通じる、押してくる力の強い句集でした。ただそのある種、様式化された表現が長所にも短所にもなりうるところがある。マルを付けた句は幾つもありました。「**伝票のうつすらと濡れ鱧料理**（17）」は「うつすらと」だから一見そんなに押しの強い句に見えないかもしれませんが濡れた伝票の存在感は結構強烈で、これとの対比で鱧料理もリアルに感じられるし、店の空気みたいなものも連想される。含んでいるものが豊かな句ですね。「**防空壕は闇吸ひつづけ走り梅雨**（13）」も防空壕を掘らされた人の怨念みたいなものや、戦争の暗いイメージを静かに強く感じさせる句ですが、「闇吸ひつづけ」はいわゆる客観写生には当たらない、相当強烈な主観的な踏み込みのある表現です。この辺が表現主義を連想させたりもするんですが、この句の場合はそのくどさが防空壕の深く暗い虚空に吸いこまれて、「走り梅雨」の水気で不意に与えられた生気とも相俟って、表現の豊かさになっていると思います。「**白蚊帳に森の匂ひの夜の来たる**（15）」も題材は静かなのに「森の匂ひの夜」という表現が、かなり自己主張が強いというか、目立っている。しかしこれも感覚的なリアルさに最終的に統合されているのではないかと思いました。篠崎さんのは、そういう静かに引く感じの題材の方がむしろ効く手法で、題材そのものも押しが強い「**開墾の民の血を引く鶏頭花**（28）」や、逆にあまり深い思いを抱えきれない、抱える必要もない題材の「**ドーナツの虚空食みゐる秋思かな**（32）」や「**ポタージュの重さ確かむ桜の夜**（102）」などになると俳句臭く、類想感がやや強いものになっていく。「**うなづくも撫づるも介護ちちろ鳴く**（122）」も内容的には全くそのとおりと同意出来るんですが、句の調子のよさに内容が流され気味な気もします。表現の線が太く明確で、内実もある句集であることは確かなんですが、最初の方の「**野焼終へ仁王の如き父の顔**（7）」の「仁王の如き」の直喩と、表題句「**火の貌のにはとりの鳴く淑気かな**（200）」の「火の貌」の隠喩は、力のこもった表現ではあるものの、それは対象の父の顔なり鶏なりを立体、実在として把握するためにそれらとがっちり嚙み合っているがゆえの力になっているかどうか、もっと平面的に図案化された画面のなかでの線の太さみたいなものになっていないかという気がして、そういう作風の句として評価することはもちろん可能だけれども、俳句の言葉が未知の物、言語化されたことのないものに肉薄しているという性質の力感ではないのではないかと思って、今回三位に入れるまでには至りませんでした。

司会：ありがとうございました。髙柳選考委員お願い致します。

髙柳：「我」の表出の強さが印象的でした。たとえば「**破魔弓や我に向かひて波来たる**（93）」は、友岡子郷の「ただひとりにも波は来る花ゑんど」とイメージは共通していますが、季語に「破魔弓」を配していることもあって、「我」の強さが目立ちます。そうした強靱な「我」を一句の中心に据えて打ち出された感覚の独創性が、この句集の魅力ではないでしょうか。「**竜となるまで素麺をすすりけり**（116）」は、すすられる素麺の束と、竜のイメージは共通していますが、素麺をすすりながらこんな発想が浮かんでくるというのは驚きです。のぼり竜のイメージもかかわっているかな。「**回遊魚は海の歯車十二月**（132）」も独特の比喩で、集団となって海を経めぐる回遊魚を、「歯車」のようだと見立てた。人間も「社会の歯車」とよくいわれますが、より大きな視野から見ると、命はすべて地球の歯車なのかもしれない。命は柔軟であり、儚く優しいという常識に逆らった見方です。「十二月」という季語で、そうした営みが今年ずっと続いてきたし、来年も、もっといえば永遠に続いていくだろうと思わせます。「**太股も胡瓜も太る介護かな**（117）」は高齢化社会を切り取り、「**ミサイルにまたがれし島いなご食む**（186）」はアジアの軍事的な危機感を表している。社会詠というジャンルに属するものですが、ありがちな類型に陥ることなく、身体感覚に根差して詠んでいるので入りやすい。一方で、表現の類型が気になるところはありました。「**東京は玻璃の揺りかご花辛夷**（53）」の発想はみずみずしいですが、同じ東京を詠んでも「**東京の空を重しと鳥帰る**（49）」は類型的ではないでしょうか。パターンかそうではないかは、ちょっとの差によるので、難しいところです。「**浅蜊汁星の触れ合ふ音立てて**（100）」、「**触るるもの欲しき指先星涼し**（67）」、「**鍵盤に指を沈ます霜夜かな**（129）」「**夜とならば星を吐くらむ釣鐘草**（167）」、このあたりは、詩的な類想感があるというか、詩や俳句でよく使われる表現、それも現代の詩や俳句でよく見る表現です。何が詩であるかというのは時代によって変わりますが、つねに詩人はその周縁を攻めるべきで、これらの句は従来の詩の価値観にとどまったものと見えました。

内田麻衣子句集『私雨』

司会：ありがとうございました。では次に内田麻衣子さんの句集『私雨』に参ります。内田さんは「野の会」に所属され、第二句集になります。関選考委員と髙柳選考委員がそれぞれ一点ずつ入れています。では関選考委員お願い致します。

関・私が三位に推した『私雨』の内田麻衣子さんは鈴木明さんの「野の会」所属の方なので、師系を遡ると楠本憲吉や伊丹三樹彦にも繋がることになる新興俳句の系譜の作者ということになります。この系統の作者は社会や時事を題材にすることも少なくないんですが、その場合もスローガンなどにはせずにもっと洒脱な、場合によってはモダニズム的な美感をともなって作品にすることが多い。この作者の場合は単に洒脱だとかではなくて、高山れおなさんの序文でも「イロニー」が指摘されていますが、表現上の奇抜なアイデアとか矯激さが強い。自分も他人も締め出しているようなドライさもあるので、そういう内面的、気分的に尖ったところばかりが作風として際立つと殺伐としてきますが、そこに新興俳句系のモダン都市文学風な明快さが加わるので、そうはなっていないですね。句としては「**安吾の忌火星の赤を買いに行く**(21)」、「**信長忌赤子の眉間に皺がある**(23)」、「**旱あゝナイフの生える子供たち**(24)」など序盤の句がまずいいと思いました。どれも尖った題材の句ですが、坂口安吾とただの「赤」ではなく乾燥した「火星の赤」に展開されると、無頼性や破滅志向からウェットな部分が除去されて、その精神性を絵の具か何かの物でもって受け継いで見せることになって、ひりひりした共感と突き放し方が同居しているのが痛快です。「信長忌」の句はただの不機嫌にむずかりそうな赤ん坊が信長の生まれ変わりみたいに見えてくる。信長の癇性なところを受け継いでいる。どっちも宇宙や歴史の彼方の要素が入ってきますが、それが精神性と物の両面で捉えられて、立体的になっている。「**旱あゝナイフの生える子供たち**(24)」もそうですね。「ナイフの生える」は精神的なメタファーなんでしょうけど、「旱」と「あゝ」の詠嘆で物質の方にはみだしてくる感じがある。「**おんなのこ鹿の目つきがやめられぬ**(55)」も似た仕掛けの面白い句ですが、こちらでは攻撃性はさほどはっきりしなくて、「鹿の目つき」でちょっと人間ではなくなりかけているような、理解しがたい異類になりかけている女の子のイメージが出てきます。それも「やめられぬ」なので自発的、意志的にやっているわけではなくて、もっと無意識的なものです。言い方が目新しいというだけではなくて、イローニッシュな捉え方が得体の知れない無意識的なレベルとも触れあっている。「**ヒヤシンス真っ暗の中に固き骨**（59）」の「骨」も無事に生きている間は普通見えないものなのでその点、無意識に近いものですが、「真っ暗」な中でそれが却って固く現れてくる、それもヒヤシンスとしてあらわれてくるというのは感覚的にひやっとするような詩性が通っている感じがしました。人名と花の句でもう一つ、「**意にかなう自壊昼顔子規庵裏**（89）」。これも「子規庵裏」の「裏」に無意識性がありますが、それと隣接して昼顔の自壊が「意にかなう」ものだという、ちょっとドキッとするような認識が出てくる。これが子規の脊椎カリエスに壊された身体とその若死にが、当人が自分すらも知らないうちにひそかに望んでいた事態なのではないかというひとつの批評性が出てくる。必ずしも理屈っぽくやっているわけではなくえて、読者にも直観的にそうしたことが伝わってしまう。時事的な素材では「**反原発箱庭渋谷のデモ緩慢**（97）」というのがあって、ここでは渋谷も箱庭呼ばわりされ、デモも緩慢と切り捨てられています。私、渋谷でのデモに参加したことがあるんですが、あそこは周りがつねに漫然と祝祭状態みたいなところなので、なまじのデモだと街に埋まってしまって、下手するとほとんど通行人に気付かれもしないんですね。目の前に行列が来てはじめて気付かれたりする。そういうディスコミュニケーションの状態が両方突き放したまま把握されていると思います。都市風俗的なものでは「**ノンカフェインコーヒー鉄階段で猫さかる**（152）」という取り合わせも気難しげなこだわりと生々しさが両方あって好きでした。出産と育児の句も多いんですが、こういう作風の作者なのでおのずと独自な、辛辣な批評性と物体としての子供のあられもなさが同居した表現になる。それが「**0歳のはだか尻頬カチョカバロ**(144)」、「**愛の結晶とは夜の怪獣しわぶく児**(147)」、「**母むしろおっぱいである日向ぼこ**(148)」などですね。0歳児がカチョカバロっていうぶら下げて熟成させるチーズに化けたり、愛の結晶としての怪獣になったり、自分が赤子からすれば母というよりおっぱいでしかない存在になったり、いろいろイメージが奇妙に転換されて、愛情は感じさせつつもべたつかない表現になっていると思います。「**恐竜・でんしゃ・木の葉も詰めて子の鞄**(180)」も詰め込まれた物の無秩序さが祝祭性をあらわすと同時に幼い子の行動の写実的表現にもなっています。虚栄を戒める意味で描かれた西洋絵画の、腐った果物とか蠅とかまで描き込まれた静物画のような味わいもうっすらある。

司会:ありがとうございました。では髙柳選考委員お願い致します。

髙柳:俳句的眼鏡をかけず、ナマの現実を見つめたものに、秀句が多かったです。立ち食いそばを詠んだ「**着ぶくれて蕎麦屋で人の手に触れる**(135)」「**荷を足ではさみ新そば立ちくらう**(175)」は、いわゆる風流からは程遠いけれど、その眺めには確かに情感があると気づかせてくれます。都会生活者の悲哀や、逞しさが、リアルな描写を通して伝わってきます。「**造花紅葉や二十四時間レストラン**(81)」は、偽物でもいいのでどこにでも自然のミニチュアを求めてしまう都会人の習性の哀しさを詠んでいます。都会詠ではなくても、「**足を踏まれる野蒜ぜんまい即売所**(121)」は、道の駅での市場という感じです。「足を踏まれる」で、活気がわかりますね。土のにおいがしてきます。「**春の旅蜂のミイラと相席す**(67)」は、田舎の単線を思わせます。死んでからずいぶん経った蜂が、座席の下にでも転がっていたのでしょう。干からびた蜂を「ミイラ」といった遊び心が味になっています。愛情を詠んだ句にも、真情がこもっています。「**なぁんにもくれない人とおでん酒**（58）」は、「なぁんにもくれない人」と「なんにもくれない」とでは、意味が大きく違ってくるのが面白い。「なぁんにも」というと、むしろ相手への愛情を感じますね。「**凄いスコールきみの肋骨枕とす**（73）」は夕立ではなくて「スコール」といったのが、このふたりの愛の情景に凄みを与えています。取り合わせにも冒険心、意欲を感じました。「**臨月の出べそ冬菜の被曝量**（138）」、「**ムスリムのニュース師走にくる破水**（139）」は、妊娠、出産を詠んだ句としては異色で、注目しました。ニュースから来る現実と自身の今の現実とが、自然に共存する現代ならではの取り合わせです。従来の詩の概念の周縁上に、みずからの詩を見出そうとしている句が好きで、三位に押しました。三位にとどまったのは、「**安全な場所なんかない冬鷗**（64）」、「**冬浅し普通を強いる人の群れ**（56）」、「**勝っても負けてもみんな死んじゃう開戦日**（150）」、「**終戦日ゆび鉄砲も捨てて行こう**（159）」など、作者の思想が露骨に出てしまっている句が気になったからです。主題を表現する姿勢には共感しますが、主題をあえてわかりにくくするというか、攪拌する手腕が問われると思います。これらの句も、季語を工夫すると、ずいぶん印象が変わってくるのではないでしょうか。

司会：ありがとうございました。では続いて髙田選考委員お願い致します。

髙田：発想の飛躍ならぬ「跳躍」が面白い句集ですが、ときどき跳躍が過ぎて、噺ヌキの三題噺になっていると思いました。共感を覚えた句としてはまず「**アネモネは嗤ったまんま枯れている**（88）」。冬の季語の枯るではなくて、アネモネの花どきを過ぎた状態。あるいはドライフラワーになっているとか。「嗤う」が衝撃的に効いています。「**昼寝の軌道みどり児の汗におう**（157）」は「軌道」が面白い。嬰児を見守るというより、観察している感覚でしょうか。「**たてがみの匂い雄めくはだかの子**（166）」の「たてがみ」や「**咳をして咳して嘘の咳足す子**（179）」の「嘘の咳」も手触りの伴った語の使い方だと思いました。「**母むしろおっぱいである日向ぼこ**（148）」は、私（＝作者）は母というよりおっぱいそのものである、という切なくも楽しい句ですが、「**0歳のはだか尻頰カチョカバロ**（144）」という句の作者としては「日向ぼこ」の着地点が安易に感じられます。「**暖冬や不安脱ぎゆく脱ぎきれぬ**（63）」はつまりは不安だといっていますが、暖冬の効き方がよくわかりません。環境問題？　ではない思うのですが。また「**エコバッグ帆柱となる深谷ねぎ**（176）」、「**成増の熊手小さき掛け蕎麦屋**（177）」等は跳躍不足でしょう。全体に、読み手が置き去りにされる感覚が強く、推せませんでした。

司会：ありがとうございました。佐藤選考委員お願い致します。

佐藤：社会に対する少しシニカルな視点が感じられて、それがこの句集の面白さだったんじゃないかと思います。いくつか例を挙げますと「**アルカイックスマイルの群れ社会鍋**（75）」。アルカイックスマイル、本心を見せないような笑顔と言うんでしょうか。そういう人達が社会鍋の前を横切っていく、それをまたこの作者も少し離れたところから眺めている、そういう句だと思いますが、都会の人のありようというものをこういう視点から捉えたところが面白いと思います。「**おぎのやの空き釜で炊く今年米**（82）」。これは「おぎのや」という固有名詞が可笑しいですね。横川の釜飯屋さんですけれど、それを捨てないで取っておいたんですね。それで今年米を炊いているっていうことなんでしょう。「おぎのや」

の「釜」を再利用しているというあたりが、ある種、妙な生活感があって、シニカルとはちょっとちがうけれど非常にユニークな捉え方だと思いました。「**抱擁のような包装ラ・フランス**（91）」という句があります。これはある意味音の面白さもある句だと思いますが、裏返していくと抱擁っていうものが包装みたいだという風にも読めるかなと思いました。ラ・フランスをくるんでいる紙が抱擁のようだということを言いつつ、結局誰かを抱擁するということもある種包装と同じようなものだという、逆の比喩も成り立ちそうな気がして、そう考えるとシニカルな句にも思えました。もう一句挙げておきます。「**更衣遺品にはさむナフタリン**（126）」。人の死というものを冷めた視点で見ている句です。おそらくはナフタリンを挟んでいるんだからそれなりに近しい人の遺品なんだろうなと思いつつ、その悲しみだとか惜別の情というものが、まったく消されたような遺品の句という気がしますね。この辺りがこの句集のひとつの見所であったんじゃないかと思いました。一方で私は少し口語表現、この方においては「〜ている」という終わり方がものすごく多くて、それが読んでいるうちにちょっとどうなのかなと思ってしまったところですね。これは挙げると切りが無いんですけど、「**女正月シンクに魚紋錆びている**（20）」このタイプが非常に多い。たとえば「**うららかや温情のネジゆるんでる**（28）」。これは「てる」ですけどね。「ている」だけじゃなくて「てる」というのもかなり多くあって、この辺は口語の中でも更に口語的な表現という感じがします。「**ヨルの滞在とうきび畑蒸している**（40）」。「ている」とか「てる」だけで多分十数句あっただろうと思います。じゃあ一方で切れ字を避けているのかなと思うとそうでもないんですよね。「かな」で終わる句も、まあ少ないんですけどありますし、上五に「や」を使って切っている句も何句かありますから、絶対に切れ字を使いたくないという主義主張でやっているわけでもなさそうなんです。口語だから良くないとは全く思っていませんが、文語的に詠んだ方が詩になるんじゃないかなと。口語にしたことで、句が緩くなってしまって詩に昇華しきれてないんじゃないかなということを思いました。口語で徹底してやるというのであればそれはそれで良いとは思うんですけれど、少しうまくいってないかなと思った句が多かったです。さっき関さんがいろいろと挙げてくださって、関さんはとても好意的に評価していらっしゃったんですけど、私はどこを面白がっているのか正直わかりきらない句も結構ありました。ご本人はなにかしら言いたいことがあって、それは髙田さんの言葉を借りれば「跳躍」ということになるんでしょうけど、その「跳躍」にちょっと乗り切れないというか、感動しきれない部分が結構あったということですね。総合的に見て、三作品には入らなかったというのが正直なところです。

司会：ありがとうございます。『私雨』について言い足らなかったところとかありますか？

関：いいですか？　「スローガン性」いうことをさっき言いましたけれど、この人の場合補足すると、政治的社会的に言いたいことがあってそれを我慢しているという感じではない気がします、気にはなっていても。というのは、「**ニッポンに生まれて冬でまぁいいか**（66）」という句があって、これはとりあえず「ニッポン」と片仮名で書いてあまり大真面目でないニュアンスを出しながらとりあえずその状況を受け入れてはいるけれども、受け入れつつも、この「ニッポン」も「冬」も基本的にどうでもいいと思っている節もある。それと「**見えないの見たくもないのかまど馬**（41）」、どちらも句単体として見てそんなにいいとも悪いとも思わなかったので触れなかったんですが、この「**見えないの見たくもな**

いのかまど馬（41）」というのは、まあ嫌いなんでしょう、かまど馬が。それは感覚的・感情的に嫌いなのであって、政治的なメッセージとかは関係ない。逆に政治的な言葉・社会的な言葉に対して「かまど馬」がいたら嫌だというのと同じレベルで感覚的・感情的に捉えているからこういう形で句の中に入ってきているという風にも考えられます。それから「ている」が多いという話ですけれど、このことに少し関わるというか。「**ニッポンに生まれて冬でまぁいいか**（66）」と照らし合わせると、今私はニッポンに生まれている、冬である、という状態になってすべてをそういう途中経過の状態で捉えているのがこの人の基本的な世界観というかスタンスなんだろうと思いますね。句のばらつきが多いのは確かで、あまり積極的に評価できないものとして、これは妊娠中らしい句ですが「**きっと坊やだおなか道場寒稽古**（134）」。これは出だしの「きっと坊やだ」という口語でなんとか持ちこたえようとはしてはいますけれど、お腹の中で暴れている子がいて、そこが道場で寒稽古をやっているという見立ては一般的・通俗的すぎやしないかなということでこれはとれなかったです。補足は以上です。

藤原暢子句集『からだから』

司会：ありがとうございます。では一点を佐藤選考委員が入れられている藤原暢子『からだから』。藤原さんは一九七〇年生まれ、刊行された時点で四十二歳です。「雲」同人、俳人協会会員、第十回北斗賞を受賞されています。この句集が第一句集です。ポルトガルが好きで二年間ほどポルトガルで過ごされたことがあるようです。略歴に写真家としても活動とあります。では佐藤選考委員、お願いします。

佐藤：この句集もすごくいいと思う部分と、正直気になる部分の両方がある句集でした。先にいいと思ったところを言うと「**傾きがその人である夏帽子**（16）」。夏帽子の傾きにその人の癖や特徴を見てとるというところは、新鮮だと思いました。「**ゆふぐれを祭囃子のぬける家**（17）」。祭囃子を「ぬける」という措辞で捉えた。当然、風も感じられますし、街のありようみたいなものも思われてくる。こういう把握も新鮮だと思います。「**病葉を文と思へば手に馴染む**（42）」。この辺りも感覚的ですけれど、今までにないタイプの病葉の句として目を引いたということは言えると思います。表現ということで言うと、先ほどの内田さんの句集は「〜ている」が多いと言いましたけれど、藤原さんの句集は「〜になる」とか「〜となる」がとても多いんです。「**海こえてかたつぶり喰ふ人となる**（24）」にはじまり、「**とどまりて風待月の石となる**（33）」とかですね。「〜になる」「〜となる」は数えたら軽く十句以上はありました。これはさっきの「〜ている」と同じで、読み進めていくうちに、もうちょっと違う表現に変えたほうがいいんじゃないかなと思ってしまったところです。それから「からだから」というのがこの句集のタイトルになっているんですが、「からだから」を使った句が三句ありました。これも逆に、どれが一番メインなんだろうと思ってしまったところがあります。「**若竹の揺れ体から音のする**（13）」。これは若竹の体なのか自分の体なのかもちょっと悩みました。「**からだから海あふれだす夏休み**（48）」。これは非常に健康的な体ですよね。「**からだから音湧いてくるをどりかな**（61）」という句もありまして、これは身体感覚として体というのを捉えているので、別に悪い句とは思いませんが。ちょっとこの辺の切り口、言葉遣いが似ているというのが少し気になったところではありました。もう一つ言うと、ちょっと措辞が甘い句がいくつかあって、「風のかたち」なんて言葉が出てきちゃう。「**夏燕風のかたちを追ひにけり**（49）」。この辺りは、もう少し自分の言葉になりきれていないいんじゃないかという部分ですね。似たような措辞は「**秋草は風待つかたちしてをりぬ**（68）」。今度は「風待つかたち」ですけれども、表現としては少し弱いかなと思いました。なので正直、この句集を三席に推すかどうかはちょっと悩みました。いいところはいいと思ったんですけれど、表現や切り口にちょっとパターンがあったと言いますか。もう少しバリエーションがあるといいなあということを思った句集です。

司会：ありがとうございます。では髙田選考委員、お願いします。

髙田：佐藤さんがおっしゃる通りだなと思いながら聞いていましたけれど、この人の感性というかものの感じ方が私は好きです。句集はもうちょっと熟成させてから出された方がよかったんじゃないかと思いました。タイトルの「からだから」について佐藤さんも触れておられましたけれど、いっそ「からだから」というフレーズの入っている三句は句集に入れないほうが良かったのではと思ったくらいです。つまりこの人は五感を総動員して、例えば視覚だけで把握するというのではなく、五感を総動員して対象を捉えていく。「からだから」というのは捉え方詠み方であって、特定の句のフレーズに留まらないのですから、その措辞のある句はない方がよかった気がします。さりげなくて、説明はつけられないんだけど藤原さんとしては理由があるというところを詠みとめていかれると面白くなりそうです。帯にもある「**どこからを旅と呼ばうか南風**（13）」など、写真家としてファインダーを目で覗いているだけじゃない、からだで捉えようとしているのだというところをもっと出せたらよかったなあと思いました。「**榠樝の実嗅いでやさしくなりにけり**（80）」は甘ったるさはありますが、榠樝の実の匂いがやさしくて自分もやさしくなると。何でそうなるかは分からないけど、でも自分としてはそうなのよというところをもっと色んなところで出せたら良かったです。ほかにも好きな句はあって、いくつか挙げさせていただくと、「**春服の体の空へ近づきぬ**（160）」、「**垣繕ふぱちんぱちんといふ背中**（163）」。句集としては推せなかったんですが、ものの捉え方は非常に好きな作家でした。

司会：ありがとうございます。では髙柳選考委員、お願いします。

髙柳：タイトルの「からだから」が示している通り、五感・肉体感覚で詠んでいるという句ですよね。キーワードは旅なのかなと思いました。色んなところに出かけられているそうなので。如月真菜さんとは違ってあくまでエトランゼ、旅人としてその風景に触れているという書き方なんですが、だからこそ如月さんにはなかった軽やかな書き方が出来ているなと思います。良かった句は、「**蟻の乗る列車は千葉へ向かひけり**（36）」これはたまたま旅の最中に会った蟻なのかもしれませんけどね。電車の中に蟻が入り込んでいた。その電車は千葉行きだったということです。この「千葉」という地名が千の葉と書くものですから、何となく蟻がこの後、自然の中に帰ってゆくのかなということを思わせます。蟻がいたのも電車が千葉行きなのもたまたまなんですけど、そのたまたまを受け止めるのが肉体であって、だからこそこの肉体の把握が生きているんじゃないかと思うんです。理知で、脳みそであれこれ考えて作るんではなくて、思いがけない偶然、ハプニングを肉体で受け止めて詠むという書き方がすごく軽やかで、私はこの作者の良さはそこにあるんじゃないかなと思いました。「**きしめんつやつや夏シャツの並びをり**（44）」とかね。これは名古屋の情景かな（笑）。つやつやのきしめんと清々しい夏シャツの白さが重なってくるようなところがあります。「**田遊びや歌も夜空のひとつなり**（121）」というのはなかなか思い切った表現です。歌が夜空へ広がっていくと普通なら書きそうなところなんですけど、歌が夜空そのものになってしまったというところに善き一年を祈願する神事としてのめでたい感じがあるなと思いました。田遊びの句らしさがあります。「**海こえてかたつぶり喰ふ人となる**（24）」これは佐藤さんも挙げられていた句ですけれども、これを見た時には同じ「雲」で研鑽されている鴇田智哉さんの「うすぐらいバスは鯨を食べにゆく」という句を思い出しまして、二人の資質の違い、良さの違いがよく表れているなと思ったんです。「**海こえてかたつぶり喰ふ人となる**（24）」はフランスへ行ってエスカルゴを食べたんだなあという、現実に密着している、回収されてゆく書き方なんですよね。智哉さんの句は皆で鯨肉を食べに行くツアーでバスに乗っているとは思えない不穏さがあるんですね。その分藤原さんの句は安心して読めると言いますか、我々が馴染んだ現実感覚をふっと思い出させてくれるというのかな。今まで忘れかけていたような現実への感覚を思い出させてくれる。和みとか癒しに近いような作風を楽しませてもらいました。私は今回の選考を通して類型的表現というのを厳しく見て行こうかなと思っていたのものですから、「**手足また鰭に戻りし昼寝かな**（46）」、先ほどの篠崎さんの句集にも「**指先より魚となりゆく踊かな**（175）」という句がありましたが、人間の手足が鰭になったり翼になったりするというのは一つの類型的発想、それに基づく類型的表現になっちゃっているのかなという感じはありました。伸び伸びと作っていらっしゃる方なので、あまりこういうどこかから借りてきたような表現に捕らわれないほうがいいんじゃないかなというところはありました。

司会：ありがとうございます。関選考委員、お願いします。

関：この「からだから」は北斗賞を獲って出た句集なんですが、私は北斗賞のその時の選考委員でした。私もこれを二位としたので一定の評価はしています。この回は三村純也さんと恩田侑布子さんと私が選考委員であの賞は毎年全員が変わってしまうんですけれども、結局三人が一位に推した作品がばらばらになってまったく重ならなかったので、恩田さんと私がそれぞれ二位に推した藤原さんが通ったという経過でした。気分のいい句が並んでいて、一句一句句会などで別々に見たら取れるものが多いわけですね。髙柳さんもあげた「**蟻の乗る列車は千葉へ向かひけり**（36）」。これなんかもいいですし、偶然にこういうことがあったというだけでも句にはできますけれども、これがもう一歩くさい方向へ踏み出すと蟻とお友達になってしまうような感覚が出てきてしまう。そういう非常にきわどいところにいる作者で、「～になる」という表現が多いというのもまったくその通りです。「**こどもらはしぶきへと為り変はり夏**（11）」、「**からだから海あふれだす夏休み**（48）」。これはどちらも体とか子どもとか海とか水に変わって夏になるわけです。こういう移り変わり方、変化の仕方が、気分がいいものにしかならなくて句集全体がそういうトーンで揃い過ぎ、一冊の本として見るとちょっとそこが物足りない。私はこの句集になる原稿を評したときに「擬人化ならぬ擬自然化」という言い方をしました。動植物とか他の生き物を人に見立てて擬人化すると俗っぽくなるというのは俳句でよく言われますが、この人の場合擬人化に近いけれど違うことをやっているんじゃないかと思います。子どもや体が海になってしまったりする。人間の方が自然へと化けてゆくという形が割と多かった気がしたので「擬人化ならぬ擬自然化」と言ったんです。ただそれにしても、擬人法と似た臭みは出てくる。擬人法は何でまずいかと言うと、対象の他者性、よそよそしさとかわけの分からなさとかを全部消し去ってしまって、自我や自己愛の支配下に相手を置いてしまうからつまらなくなるんです。じゃあ自分の方が自然になればいいのか、変化すればいいのかというと、その対象が気分のいいものばかりで揃ってしまった場合擬人化に限りなく近づくことになる、そういう危うさの中での気分のいい句集ということになってしまいます。句集全体としてはこの一本調子さは、今回の候補作の中では点を入れるのは少し厳しかったです。

南　沙月句集『水の羽』

司会：ありがとうございます。では六冊目、南沙月さん句集『水の羽』です。南さんは一九八二年生まれで句集刊行時点で三十八歳。「鷹」同人で俳人協会会員です。句歴は浅いが、人生で激動の時期のものを収めたと「あとがき」にあります。ではこれは、髙田選考委員からお願いします。

髙田：結婚・出産、そして離婚をなさって、その後に新しい出会いとさらに別れがあり、ご自身に病が見つかってそれと闘って今に至ると。本当に激動の大変な時期を詠われていますが、その来し方を明るく明るく詠もうとしているという姿勢が感じられる句集でした。それの良し悪しを言うというよりも、そういう風にこれまでを振り返っておられるのだと受け止めました。この句集の特徴の一つにオノマトペの使い方があげられます。結構あっていくつか面白いなと思って控えています。「**虎が雨ほおんほおんと煙立つ**（11）」の「ほおんほおん」とか、「**胎動のくくと響く紅葉かな**（17）」、胎動はもう本人でなければ分からない感覚ではありますが、この時は「くくく」とぜひ言いたいと思われたのですね。「**てとてと蜥蜴の手足進みをり**（27）」、これは夕行で揃えたのでしょうか。蜥蜴がささーっと走ったのではなくて、この時はちょっと目の前でもたついた歩き方をしてみせてくれたのかな。蟷螂がお好きなようで何句かありましたよね。「**摑まれて蟷螂は尻反らしけり**（37）」。ぎくしゃくした感じに自分をなぞらえておられるのかもしれません。小川軽舟さんも取り上げておられましたが「**不況しか知らぬ両手や秋の蝶**（44）」、それから「**遺品みな撫でて包みて冬ぬくし**（69）」。これは詠っている内容そのものよりも手に執着なさっているのかもしれません。二句とも、自分の手の存在による句です。自分の手で今、一生懸命何かを摑もうとしているのかもしれません。手の繋がりで言えば、「**審判の大きな拳炎天下**（64）」もあります。これは野球の試合を思えばいいのかな。やっぱり手に思い入れがおありですよね。ご本人もそんなにたくさん句はないと書かれていますが、バリエーションが少なかったので一冊の句集として見たときにはちょっと食い足りない感じです。以上です。

司会：ありがとうございます。では関選考委員、お願いします。

関：これは人生で色々あった時期のことを俳句にしていて、大変な時期だったんでしょうが、それに対して表現が必死に追いかけて追いつききっていないというか、ぎりぎり何とか取り組っている感じです。題材は色々重いものもあったんでしょうが、それが表現としてどれだけ昇華できているかというところで見ると、良く言えば初々しいというか。類想句が多いというわけでもなかったんですが、にもかかわらず新鮮だったり驚いたりするということもあまりない。句歴が浅いということと関係あるかもしれませんが、初心の時期の方が類想句ができやすくて、発想として目新しいものがかえって出にくいことがある。「**数珠玉は生まれなかった子の軽さ**（12）」というのがあるんですが、これは対馬康子さんに「初雪は生まれなかった子のにおい」というのがあるので、知らずにやったのか本歌取りなのか、本歌取りなのだとしたらあまり変わっていないのではないかと思ってしまいます。たまたま合っちゃっただけかもしれません。「**炎天や吾子の手を取りＪＡＦを待つ**（28）」。暑い中で子どもを連れて、車が故障で止まってしまっているという様子だから炎天と吾子が意味的に強く結びついて、全体的に困った状況だということをはっきり出しすぎな感じはします。ただ私は最近一般投句でＪＡＦを待っている俳句をよく見るんですが、その中で言うと子どもという要素が入ってきた分一歩抜けているかなとは思いました。それから、人生をあまり直接詠んでいないもので「**石鹼玉連なり肩を過ぎにけり**（26）」。これは自分の人生に対する感慨なり出来事なりを直接言っているわけではないんですけれども、石鹼玉への慕わしさとともに、何かが輝きながら過ぎていってしまったという軽い喪失感のようなものがある。さらっとした句にかえって深い無意識的な感情が表れている感じがしました。現代の生活ならではの素材としては、「**春の昼アマゾンからの花瓶待つ**（56）」。アマゾンからの荷物が届くのを待つ状況は今の生活でごく当たり前にあるんでしょうが、俳句になって成功したケースはまだそんなに見たことがないです。花瓶というさほど実用性が強くもない物件が春の昼にアマゾンから来る。この組み合わせ方は面白かったです。技法的には稚拙と見られるかもしれませんが、恋の句で、「**部屋の端シャワーの君**

をひりひり待つ（51）」というのもあります。これは「ひりひり待つ」が実感ではあろうけれど句としてはいかにも成熟していない若書きっぽさがあるように見えます。しかしこういう素材は擦れていない詠み方の良さというものはあるかもしれないなと思いました。本当に、人生のその時期に詠んでないと出来ない句だろうというリアリティはあります。人生における大きな出来事のときの句は只事に近づくんですね、どうしても言い方が。本人にとっては大変なことでも、物語として聞いたら当たり前のことになってしまう。「**空梅雨や父の終活はや終わる**（63）」とか、「**遺品みな撫でて包みて冬ぬくし**（69）」。この辺り、「父の終活」はあまり取れないですね。遺品の句は、「撫でる」で押しつけがましくなく故人への情愛が出ている。故人そのものがまだ身の回りにいる感じの中を生きている感じが伝わって、これはそんなに臭みなく感情がストレートに出ているかと思いました。他はちょっと句として立っている感じのものがあまり見当たらなかった気がします。

司会：ありがとうございます。では佐藤選考委員、お願いします。

佐藤：今皆さんがおっしゃって下さいましたように、出産・子育て・離婚・新たな男性との出会いというような、ご自分のこれまでの人生を等身大に詠んでいる句集ということでしょう。私がいいと思ったのは「**旧姓に戻す通帳涼新た**（22）」です。これは「涼新た」をつけたところが良かったと思います。ある種もう一度人生をリセットした時の気分というのがこの「新涼」という季語に託されていて、季語が生きていると思います。「**栗飯や母子二人に家具少し**（37）」。栗飯の明るさが救いになっているんじゃないでしょうか。そんなに贅沢な暮らしではないんだけれど、母子二人の生活の中にささやかな幸せを見出している。この辺りはそんなに押しつけがましさもないし、季語を上手に使っていらっしゃると思って読みました。注目したのは、会社での生活から、例えば「**企画書でごみ箱埋まる遅日かな**(42)」。この句がどこまで成功しているかという話はまた別なんですが、こういう「企画書」のような言葉を積極的に俳句に用いているところです。ほかにも「**四桁の給与明細五月晴**(43)」の「給与明細」、「**出勤の打刻並びし大晦日**(45)」の「打刻」、この辺りはもうちょっとでよくなりそうな句だと思いました。今まであまり俳句では使われてこなかったような言葉を俳句に取り込もうという意欲は買いたいと思いました。ただ「四桁の給与明細」に「五月晴」という季語をつけても、そこからどういう気分が導き出されてくるのかというところになると、まだちょっと点検が必要な気がします。こうしたタイプのものがすべて成功しているとは言えなかったかなと思います。今回は女性の応募者が多かったので、子育て俳句もずい分出てきましたけれど、この方もさっきの栗飯の句のように子育て俳句が多いです。が、ちょっと客観化しきれていないなという感じはありましたかね。例えば如月真菜さんが自分の体を「乳くさき体」と捉えている。それはある意味自分なんだけれど客体化して捉えている感じがしました。この方の場合は「吾子」という言葉がとても多いんですよね。十句以上あったと思います。その時点で子どもというものが客体になりきれていない。自分の子どもであるということです。さっきの炎天の句もそうなんですけれど、自分と非常に密接な関係を持っている存在として捉えてしまっている分、客観化しきれていない惜しさというのがあったと思います。それは新しい恋を詠んでいる句もまったくそうで、先ほど「**部屋の端シャワーの君をひりひり待つ**(51)」という句を関さんがあげられていましたけれど、あれはまだ「君」の一連の中では割といい方かなと思いつつ、「君」という把握をしてしまう時点で自分の恋人としての男性という捉え方をどうしても抜けきれない。なかなか恋愛というものを客観化するのは難しいと思うんですけれど、俳句として成功しきれていない恨みは正直あったかなと思いました。お子さんを一人で育てて一生懸命、精いっぱい生きているご自分というものをその時期にしっかり俳句として残したい。その意欲は大変尊いものだと私は思うんですが、表現としてそれをどういう風に磨き上げていくのかということに関しては是非今後の課題として、よりしっかり取り組んでいただけるといいなという感想を持っております。

司会：ありがとうございます。では髙柳選考委員、お願いします。

髙柳：さっき安里さんの句に「**日本の元気なころの水着かな**(45)」というのがありましたけれど、その日本の元気な頃に比べて経済状況が今悪化していて、特に若い世代の労働環境が厳しくなっていますよね。その中で特に一人で子育てしている母親の貧困の問題も切実になっています。そういう現代の経済、労働を主題にしているというのはこの南沙月さんのオリジナルなところじゃないかなと思います。今までの俳人が手をつけてこなかったところではないか。南さんしか書けないものがあるんじゃないかなというところはありました。先ほどから出ているような、「**企画書でごみ箱埋まる遅日かな**(42)」や「**春きざす企画を一つ通しけり**(45)」なんていうのは今の労働環境をいきいきと詠んでいるなという感じがします。「**女性初部長のピアス秋の朝**(47)」というのも今の時代の刻印です。一つの記録として貴重なものがあるんじゃないかなと思います。子育て俳句も私は、「**炎天や吾子の手を取りJAFを待つ**(28)」は好きな句でした。不安感だったり寄る辺なさというものが炎天の季語でよく伝わってくると思います。「**水着干す吾子と作りしハンガーに**(34)」は、子どもと作ったハンガーがあるんだというのが、これも作者の人生の記録として尊いものがあるんじゃないかという感じがありました。一番好きだったのは「**生きたいと壁に手を当つ冬茜**（61）」という句でした。壁に手を当てているというのは日常的にさして珍しい動作ではないんですけれど、生きたいと思って壁に当てている。「壁に手を当つ」が何気ないがゆえに非常に切実なものを感じました。激しく叫んだりとか行動に移して暴れてしまうとかではなく、静かに壁に手を当てているところにむしろ、抑えこまれた生への欲望、裏返せば死への誘惑みたいなものもあったと思うんです。そういった沸々とした感情が書き込まれているなと思って、この句が一番好きでした。客体化できていないというのは皆さんがご指摘の通りかなと思います。そういう中では関さんも挙げられていましたけれど、「**石鹸玉連なり肩を過ぎにけり**（26）」。人事句が多い中で人事を離れたような句が入ってくると、世界の広がりが出てくると思うんです。ああいう句がもっと増えてくるといいのかなという気がしています。季語の世界は自然や宇宙や歴史にも通じていますのでね、俳句を読むという行為を通して、この世界には目の前にいる人間だけではなく、色んな世界の層があるんだと実感させてくれるのが俳句の醍醐味でもあると思います。もうちょっと世界を広く見て、その結果南さんの魂を通して見た世界の様々な層がどう見えたのかということを教えてもらえると、よりよい次の句集になっていくのかなという感想でした。

司会：六句集の評をして頂きました。第十二回の田中裕明賞を決めていかなければならないのですが、高得点を取った三つの句集に絞ってということでよろしいでしょうか。一番高得点だったのが『琵琶行』、次が『式日』、ただこれは佐藤郁良選考委員が評価してないわけではなくての七点。あとはおふたりが最高得点を入れた『火の貌』の三句集に絞りたいと思います。この中で受賞作品を決めていただければと思います。いかがでしょうか。点数から言えば『琵琶行』になりますけれども。髙柳選考委員は最高得点を入れていらっしゃいました。

髙柳：そうですね、私は『琵琶行』は高く評価していまして、先ほど挙げた句の他にもあります。先ほどは割と時間軸を取り入れた句を挙げましたけれど、「結婚。横浜に住む」という前書きが着いた句で「**ボーナスやクリームパンを二つ買ひ**(39)」というような、ちょっと力の抜けたような作品も良かった。ボーナスですからこれからの暮らしの糧にしていくわけですよね。ここにボーナスを持ってこれるのはやっぱり如月真菜さんらしい、ある意味大胆でふてぶてしさがあるなという作り方とかね、こういう句もあるので幅の広い句集で良いのではないかと思ったんですが。まあ前回より候補作がかなり少なくなっているということと、飛び抜けた作が少ないというご意見もありましたので、あるいは受賞作を出さないという判断も選択肢にはいってくるかなという気もしたんですが……どうでしょうか、私から言うのも変なんですが(笑)。私は『琵琶行』でいいとは思っているんですけど。他の委員の方々がどう思われているでしょうか。

司会：佐藤選考委員いかがでしょうか。

佐藤：去年の方がある意味、取っても良い句集が多かったなという印象はあります。それはもう絶対数が十一作と多かったですしね。生駒さんの『水界園丁』も非常に目を引く良い句集でしたけれど、それ以外にもいくつか取ってもいいなという句集がありました。そういう意味では去年は贅沢な悩みであったと思います。今年に関しては、最初に申し上げたとおりどれかがうんとずば抜けているということではなかった気がします。それなりにみんな見所もあり、一方で気になるところもそれぞれあったということです。ただ少なくとも如月さんの『琵琶行』が取って悪いとは思いません。ましてこの、全然ふだん違うスタンスで作っている四人が四人とも点を入れるというのは、いくら候補作が少なかったとは言え、それなりに全方位的にしっかりキャッチできるだけの力を持っている句集だったということでしょうから、あえて『琵琶行』を落とさなくてもいいんじゃないかと私は思っています。

司会：関選考委員はいかがですか。

関：今回の水準で受賞作なしはありえないと思います。

髙柳：そうですか。

関：私はむしろ方向性が全然違う、『琵琶行』と『式日』のダブル受賞でもいいのではないかと思っているくらいです。

髙柳：うーん……。

関：なんというか、今回は確かに作品点数は少なかったんですが、全然傾向もやり方が違うものが出てきたので、一緒に比べて採点するのは酷なところもあってですね。安里さんはさっきも話をしましたけれど今ある若手の中の流派の一つの達成でもありますし。如月さんは、私はホトトギス系の方の句集を読む機会が多い方ではないんです。ホトトギス系の人達が句集を出すのにそんなに熱心じゃないという傾向があるようだし、若い人が実際少ないのかもしれないのですが。『琵琶行』はそれで物珍しさで採ったのかなとも思ったんですね。こっちが驚いた句も伝統系のひとからすると「こういうのはうちの方では結構よくあるよ」なんて言われることがたまにあるもので。この句集は伝統系のひとたちから見たら珍しくない句もあるのかもしれない。しかしその点を割り引いたとしてもこれだけの充実を示した、技とか身のこなしがこれだけ板についていて、面白くなりそうな素材もはしゃぎ過ぎにしない抜き方「**これやこの煮物の秋となりにけり**（152）」とかですね、こういうことが安定してできる句集は得難い。『琵琶行』の水準で落とすというのはもったいないんじゃないかとは思います。

司会：髙田選考委員いかがでしょうか。

髙田：何度も言うことになりますけれど、最後に三冊の順番を考えるのが本当に困ったなということだったわけです。最初に評価の出し直しをしたと申し上げましたが、最初は私も一位に『琵琶行』を推していたのでした。二位は変わらず、一位と三位をひっくり返したということをしたわけです。今になってなぜだろうと考えると、『式日』は安定して不動の二位だったということかもしれません。どうして『火の貌』を一位に推したか。それはもう「パッション」としかいいようがないです。最初『琵琶行』を一位にしていたのはとにかく第一章がすごくよかったから。そして土地と子どもという二つの柱が屹立していて、深まって行くことはあってもブレないのではないかと思えたから。まったく面識はありませんし、これまでのことも存じ上げないんですけれど、そんな風に思えたので。ただすでに申しました通り、読み進むにしたがって謎が生まれてきて、ただそれは「ホトトギス系」、というアバウトな言い方をしていいかどうか分からないんですけど、特有の詠みぶりであるのかもしれないし、そこのところを外すと堂々巡りで最初にまた戻ってしまうんですね。難しい。本当に今年は三冊それぞれよかったし、それぞれ色合いも違っていて、順位だけが難しいというところでしたね。もし最初の通りに私が出していたら『琵琶行』

は十点になる。関係者だから入れなかった佐藤さんが『式日』に入れるとしたら何点だったんだろう（笑）。

司会：今考えられるのは、髙柳選考委員が最初に仰ったように受賞作なしか、あるいは『琵琶行』の受賞、あるいはW受賞ということも考えてもいいという三つのチョイスになるのでしょうか。

髙柳：でも今皆さんにお聞きした感じですと、受賞作なしは選択肢に入れなくていいのではないでしょうか。皆さんの意見を総合するとそういうことかなと思います。これで非常に安心いたしました。それで関さんから話があったW受賞に関して、私はちょっとそこは批判的というか反対の立場です。確かに傾向は『琵琶行』と『式日』はまったく違うんですけれど、並べると差があると思っていたので、W受賞は抵抗があります。

司会：受賞作は『琵琶行』を推すと。

髙柳：そうですね、私の意見としては当初の点数通り一作でいいと思っています。

司会：他の選考委員の方はいかがでしょうか。

佐藤：去年みたいに十一編あれば、場合によっては二つということもありかなと、昨年はそういう提案をさせていただきました。ただ六編の中から二つ取るとなると、いかにも甘い気がします。分母との関係を考えると、一句集でいいんじゃないかなと個人的には思います。

関：いや、分母がいくつであってもその年その年で平均の水準は違いますからそこで切られるとちょっときついかな。今年、冊数は少なかったけれど、取っておかしくない水準にあると思うんです、私は。

髙柳：Wでも大丈夫ということでしょうか。

関：ええ。

佐藤：考え方はいろいろだと思うので、どこかで折り合いをつけるしかないのかな思います。W受賞に関して髙田さんはどう思われますか。

髙田：難しいところですよね。でもやっぱり一本にしぼっていいんじゃないかなと思います。

髙柳：『式日』についてまだ触れていないので、推された方にもう一声聞きたいという思いがあります。どれを受賞させるかで『琵琶行』なのか『式日』なのか『火の貌』なのかというのはまだあるわけですよね。

司会：では、『式日』を推していらっしゃる関選考委員、いかがでしょうか。

関：はい。認識がどうとかややこしいことを考えなくても感覚的な繊細さ、それを表現にするときの確かさで「**陶枕のかそけく鳴りて寝ねられず**(24)」、どなたかもさっき挙げていましたけれど。この辺は普通に取れますよね。それから表題句になっている「**式日や実石榴に日の枯れてをる**(57)」。これも儀式の日の「式日」と「実石榴」をそれに対して出して、それにさらにもう一度「日の枯れてをり」というひねりというか展開が入るわけです。日が当たって枯れている、日の方が枯れている形になってしまう。日が当たっていたら普通はそこだけはっきりするという形で句にすることになるんですけど、日が当たることで枯れるというマイナスになり、また複雑で微妙な操作が入る。相当ややこしい微調整を重ねているのにも関わらずそれが形としてはすっきりまとまっている。このマイナスの「枯れる」という要素では「**炎昼は未生の鳥を浮かべたる**(65)」という句もあります。これも「炎昼」だから強烈なインパクトがあるんですけれど、そこで「未生の鳥」というまだ生まれていない鳥というマイナスなものを想像する。存在していない鳥がその中に孕まれているという形、マイナスを出すことで逆にプラスを出すという複雑なことをやっている。一本調子に力強いものがあったらそれを力強く句にするというやり方はそんなにやっていないから、表面的なインパクト、直にガンと殴りつけられるようなインパクトはないんですけれども、こういうスタイルでの完成度を全体の水準としても示していると思うんですよ。最初に言いましたけれども、一冊の句集を読むという読書体験として『式日』が一番深いものがありました。これを落とすのもちょっと惜しいなと思います。髙柳さんだったかな、今のところ若い時点での句集だから、社会的要素とか、家族とかそういう実社会の泥臭いものがあまり入ってきていないという話がありましたけれども、その辺りどう対処していくのかは今後の楽しみではあります。この作者はひょっとしたらそういう要素はこのまま入ってこないこともあり得る。河原枇杷男がたとえば人生の境涯を詠むとか考えられないじゃないですか、タイプは違いますけれど。

髙柳：河原枇杷男は意識してそういうところを排除しているのかもしれませんね。自分の所に入ってこないようにしているのかもしれません。

関：繊細な言葉で鋭く薄く美しいものを組み上げていくといやり方では、飯田龍太もそういう言葉派に近いところがあるんですけれども、その龍太の場合は子供とか自然とか入ってくるにしても、そんなに泥臭いやり方はしていない。ある様式化というか、相当彫琢が行われている。河原枇杷男にしても飯田龍太にしても最終的には筆を折っちゃうわけですね。そういう方向に行きかねない際どさもちらっと感じるんですけれども、でもたぶん何かしら現実との折り合いをつけてこれから独自のやり方で取り入れて豊かなものにしていくんだと思うんですよ。その前の段階での、これだけ出来あがってていたらもう若書きとは必ずしも言い難い、ひとつ完成・達成として評価していいのではないのかと思う。俳人協会新人賞をやや高踏的にも見える『式日』が取ってしまったというのは私はちょっと意外だったんですが、逆に言えば、そこでも認められるだけの成果と見てもらえたわけですね。俳人協会新人賞と裕明賞のW受賞のケースは従来なかったし、私もそれが殊更望ましい事態とは思っていないのですが、これに関しては重なってもいいんじゃないかという気はします。ただ強く推す人がほかになければ、惜しいけど次点になってしまうのかな。

高田：境涯性が入っていないこと自体は別に構わないというか、外す理由にはならないと思っています。この人はこの人のやり方で追求なされればいいと思います。俳人協会新人賞の選考の時に知らなかったこととしては、この人には多方面から色んな要素が取り込まれているということ。この方の句集にはあとがきもなかったし、今自分がどういうところにあるのかはっきりさせないのか、させられないのか。断定できないですが、そんなことを思いながら読み直したのが今回の選考でした。俳人協会新人賞のときは順序を決めずに推せたので、今更あのときの順位を考えるのは難しいのですが、私は一推しに近い心持ちで『式日』を選んだように思います。ただ、まだ混沌としている気がするのです。だからこの句集は、二位かな。一位と三位はひっくり返っても、ということです。すごく良い句集だと思っています。思っていますしこれまでの裕明賞の傾向にもいちばん合っていると思います。ただ去年の『水界園丁』と比べると、『水界園丁』は箱庭とも言われましたが、今は「水」、次は別の何かになるだろうと、もう少しはっきりしていたように思うんです。

安里さんはまだ混沌としている。若いことを理由にすることはおかしいですけれども、可能性に満ちていることは確かですから、次作を読みたいという気持ちに今回私はなりました。どっちかだけ選べと言われれば、三位に直しましたが『琵琶行』を私は推したいと思います。

関：あとがきがないことに関しては、実人生と対照させて見ないでくれ、テキストだけ読んでくれと言う覚悟のもとだと思うんですけれど。

髙田：そうですね。境涯性がないこと自体は私はマイナス要素にはならないと思っています。

髙柳：安里さんの句も結婚したから結婚の句を詠めといっている訳ではないんですけれどね。河原枇杷男の句でもね、「或る闇は蟲の形をして哭けり」の句とか、人懐かしさ、慕わしさみたいなものがあるじゃないですか。そういうところがもう少し出て来る方がいいかなと思います。愛唱性と言い換えても良いのかも知れませんけれど。人々の口に上って折り節に口ずさみやすいような句がもっとでてくるといいのかなと。ある意味で非常に尖っている作風なので、俳句の玄人には訴えかけるんだけど、それでは狭い。そこら辺の物足りなさを感じたというところかな。あとは髙田さんも仰っていたように、少し方向性がバラバラなところがあったので、私としては『琵琶行』と並べるのに抵抗があるのはそこら辺ですかね。

司会：いかがでしょうか。

関：皆さんがそういうご意見ということであれば一冊ということで『琵琶行』でいいですかね。

髙柳：でも『火の貌』も有力な候補なんですよね？

司会：おふたりが一位に入れられていますもんね。佐藤選考委員、いかがですか。

佐藤：『火の貌』は、見所はあると思います。ただ、私は今回結構悩んでいるんですね。『火の貌』もさっき選評のところで申し上げたように、少し理知的だったり観念的だったりするところがあって、それは気になっているんですよ。『琵琶行』は二席なんですけれども、「淡海」に「水の秋」をつけたり、そういうところは気になると申し上げとおりです。だから正直、優劣をつけ難いと思っています。今回のこの点の出方からか見て、選考委員四人が全部点を入れているというところを私は重く見ていいと思っています。ですので別にここで『火の貌』を強く推すつもりはありません。皆さんが『琵琶行』で一致できるんだったら私はその結論で結構だと思います。

関：私は迷っているというか、ブレているのは、『琵琶行』単独か『式日』とWかというところで個人的に見ていたので、『式日』がそこまで達していないというのが大勢であるのであれば『琵琶行』で文句はないです。

司会：髙田選考委員はいかがですか。

髙田：はい。

司会：髙柳選考委員いかがですか。

髙柳：ひとこと言っておきたいことは、たまたまこの賞は俳人協会新人賞の発表後に選考を行っていて、対象が重なることもあるのでどうしてもその俳人協会新人賞の話題が絡んでくると思うんですけど、基本的にはそれは俗世のことであって、あまり考慮しなくていいんじゃないかと思うんですよね。たとえ俳人協会新人賞を取っていたとしても、この四人で良い句集だと決まればそれを選んで構わないと思いますし、逆に俳人協会新人賞を取れなかったからこちらで栄誉を与えようというような配慮も不要じゃないかなと思うんですね。あくまで、ひとつの句集としての質が高いかどうかを四人で決めれば良いことですので。ちらほら世間話的に、井戸端会議的に入ってくるのは構わないと思うんですけど、賞を決める段階で、俳人協会新人賞のことは慮外視して決めるのが良いと思います。今回の決定もできればその慮外視した結果、出たものであるという風に私は言いたいと思うんですけどいかがでしょうか。

佐藤：その通りでいいと思います。それはもう皆さんまったく考えていないと思います。

髙田：ええ。

関：はい。

髙柳：そうですか、私が考えすぎたのかな（笑）。

佐藤：少なくとも私は全然そういう観点では読んでいないです。

髙柳：それなら良かったです。一応選考委員の言葉として明言しておいた方がいいかなと思いまして。

関：俳人協会新人賞受賞後であるにしても、仮に『式日』が良いと四人で決まったらそちらの影響はまったくないですよ。今回は受賞にはなりませんでしたけれど。

髙田：どこかで「すでにあちらで評価されているからこちらでは出さない」というのを聞いたことが確かにあります。それを受けてかどうだったか、その後恩田侑布子さんの句集だったかな、現代俳句協会が「すでに評価されているけれども、良い物は良いと重ねて評価されていいんじゃないか」といって彼女の受賞が決まったということがありました。まあ、先に起きたことを意識しながら進めるのか、なるほどとそのときは思ったわけですね。たまたま私は今回俳人協会新人賞と、選考委員が重なってしまったので、話題にしないほうがおかしいと思って、させていただきましたけれども、でもあちらで取ったから外す、という意識はありません。大丈夫だと思います。

髙柳：はい、確認出来てよかったです。

司会：では、第十二回田中裕明賞は如月真菜さんの『琵琶行』で決定ということでよろしいでしょうか。

四人：はい。

司会：では『琵琶行』ということで、如月さんにもご連絡したいと思います。本日長い時間にあたって選考会をありがとうございました。

四人：ありがとうございました。

左上から　関悦史、佐藤郁良、
左下から　髙田正子、髙柳克弘
（敬称略）

選考委員プロフィール

佐藤郁良（さとう・いくら）

一九六八年、東京生まれ。二〇〇一年、高校教諭として俳句甲子園に初引率。二〇〇三年、「銀化」入会。二〇〇七年、句集『海図』にて第三一回俳人協会新人賞受賞。二〇一三年、櫂未知子氏と「群青」創刊。現在、「群青」共同代表、「銀化」同人、俳人協会幹事、日本文藝家協会会員。句集『海図』（ふらんす堂）『星の呼吸』（角川書店）『しなてるや』（ふらんす堂）。著書『俳句のための文語文法入門』（角川学芸出版）『俳句のための文語文法　実作編』（ＫＡＤＯＫＡＷＡ）『俳句を楽しむ』（岩波ジュニア新書）。

関　悦史（せき・えつし）

一九六九年茨城県土浦市生まれ。二〇〇二年「マクデブルクの館」100句で第一回芝不器男俳句新人賞城戸朱理奨励賞。二〇〇九年「天使としての空間——田中裕明的媒介性について——」で第十一回俳句界評論賞。二〇一一年句集『六十億本の回転する曲がつた棒』刊行。翌年同書で第三回田中裕明賞。二〇一七年句集『花咲く機械状独身者たちの活造り』、評論集『俳句という他界』刊行。「翻車魚」同人。

髙田正子（たかだ・まさこ）

一九五九年岐阜県生まれ。「藍生」所属。俳人協会評議員。ＮＰＯ「季語と歳時記の会」理事。日本文藝家協会会員。句集に『玩具』（牧羊社）『花実』（俳人協会新人賞・ふらんす堂）、『青麗』（星野立子賞・角川学芸出版）、自註現代俳句シリーズ『髙田正子集』（俳人協会）。著書に『子どもの一句』（ふらんす堂）。ふらんす堂通信「花実集」選者。

髙柳克弘（たかやなぎ・かつひろ）

一九八〇年静岡県浜松市生。二〇〇二年「鷹」に入会、藤田湘子に師事。二〇〇四年俳句研究賞受賞。二〇〇五年藤田湘子逝去。新主宰小川軽舟の下、「鷹」編集長就任。二〇〇八年評論集『凜然たる青春』によって俳人協会評論新人賞受賞。二〇一〇年第一句集『未踏』によって第一回田中裕明賞受賞。二〇一七年、Ｅテレ「ＮＨＫ俳句」選者。著書に『凜然たる青春』（富士見書房）、『芭蕉の一句』（ふらんす堂）、『未踏』（ふらんす堂）、『寒林』（ふらんす堂）、『どれがほんと？万太郎俳句の虚と実』（慶応義塾大学出版）、『蕉門の一句』（ふらんす堂）、『究極の俳句』（中央公論新社）、『そらのことばが降ってくる　保健室の俳句会』（ポプラ社）。読売新聞朝刊「KODOMO俳句」選者。早稲田大学講師。

過去の受賞句集

二〇一〇年　第一回　田中裕明賞／髙柳克弘句集『未踏』（ふらんす堂）
二〇一一年　第二回　田中裕明賞／該当句集なし
二〇一二年　第三回　田中裕明賞／関悦史句集『六十億本の回転する曲がつた棒』（邑書林）
二〇一三年　第四回　田中裕明賞／津川絵理子句集『はじまりの樹』（ふらんす堂）
二〇一四年　第五回　田中裕明賞／榮猿丸句集『点滅』（ふらんす堂）
　　　　　　　　　　　　　　　　西村麒麟句集『鶉』（私家版）
二〇一五年　第六回　田中裕明賞／鴇田智哉句集『凧と円柱』（ふらんす堂）
二〇一六年　第七回　田中裕明賞／北大路翼句集『天使の涎』（邑書林）
二〇一七年　第八回　田中裕明賞／小津夜景句集『フラワーズ・カンフー』（ふらんす堂）
二〇一八年　第九回　田中裕明賞／小野あらた句集『毫』（ふらんす堂）
二〇一九年　第十回　田中裕明賞／該当句集なし
二〇二〇年　第十一回　田中裕明賞／生駒大祐句集『水界園丁』（港の人）

第十二回田中裕明賞

2021. 09. 16 初版発行
発行人｜山岡喜美子
発行所｜ふらんす堂
〒182-0002 東京都調布市仙川町1-15-38-2F
tel 03-3326-9061　fax 03-3326-6919
url　www.furansudo.com　email　info@furansudo.com
装丁・レイアウト｜和　兎
印刷・製本｜日本ハイコム㈱
定価｜500円＋税
ISBN978-4-7814-1419-5 C0095 ¥500E